JN317914

とひらの祈り

崎谷はるひ

幻冬舎ルチル文庫

CONTENTS ✦目次✦

ひとひらの祈り

けものの肌に我はふれ……5
みずから我が涙をぬぐいたまう日……121
ひとひらの祈り……191
かすかな光……293
あとがき……315

✦カバーデザイン＝齊藤陽子（CoCo.Design）
✦ブックデザイン＝まるか工房

イラスト・冬乃郁也✦

けものの肌に我はふれ

目のまえの光景を眺めながら、いつもの夢に落ちたことに気づいた。

(また、これか)

深津基《ふかつもとき》は、ぼんやりとした意識のなかでまばたきをする。

その夢は毎回同じシチュエーションで、でてくる情景も人物も同じだ。どこか薄暗い部屋のなか、周囲の光景はあいまいで、ひろびろとしたベッドばかりが目についた。

その夢のなかで毎回、やはり同じようなあまい吐息をつきながら、自分の細い身体《からだ》を膝《ひざ》に抱いた男の指先をじっと見つめている。

『気持ちいいか』

鼓膜を震わせ染みいるような声の持ち主は、那智正吾《なちしょうご》。基の恩人であり、現在の保護者でもありそして、年上の恋人でもある。

彼は見あげるほどの長身のせいでシルエットはすっきりとして見えるが、海外の血が混じったとひと目でわかる、引き締まった逞《たくま》しい身体をしていた。涼しげでうつくしい顔立ちは端麗で、物腰は、彼の来し方を考えれば奇跡的なくらいの気品と優雅さにあふれている。

そんな非の打ち所のない彼の長い腕に身をあずけるだけで、基は意識が遠くなる。

『基……？』

「な、なんでもないです」

ぼうっとしていたことを咎《とが》めるように名を呼ばれ、あわててかぶりを振った。

冷静で動じない性格を表すように、那智の声音は落ちついて低く、あまい。

淫《みだ》らなことなどなにも興味がないというような那智の清廉な横顔が、よけいに羞恥心を煽《あお》る。実際の彼は色事において意地の悪いところもあるのだが、イメージと違う強引な行動には毎回戸惑わされる。

そうしたギャップもまた基をときめかせる一因にしかならないからどうしようもない。

長い指が、基の脚の間で膨らんでしまった少年の部分をそっと撫《な》でている。先端だけを人差し指でゆっくり、いつも彼が髪を撫でてくれるときにそうするように、やさしく何度も。

『どうなってる？　基』

基の身に起きていることなど知りつくしているはずの男が卑猥な問いかけをする。

「あ、……かた、いです」

『それから？』

こわばり、まるく膨らんだ場所が湿っている。抗《あらが》うことなど考えつかず、胸をあえがせ腰をよじる基は、自分の性器を育ててあげる指を見つめながら答えた。

「濡れてます、那智さんが、撫でてるから」

基の細い脚に絡んだボトムの布地は、にじみだした汗で湿っていた。前ボタンをはずしただけのシャツも同様で、もういっそ全部を脱ぎ捨ててしまいたい。けれどもなぜか指先ひとつ、基の思うままにはならず、いいように那智にいじられるばかりだ。

『撫でて、濡れた場所はどんな感じがする』

「あついです」

羞恥ともどかしさに濡れた目で那智を仰いだ。彼はネクタイをゆるめもしないまま、かっきりとプレスされたシャツにスラックス。乱れた自分とは正反対だ。ずるいと基は唇を噛《か》む。

那智はめったにひとまえで自分の衣服を乱さない。基が彼の肌を目にしたのも、肌を重ねるようになってからもほんの数回しかなかった。

那智の背にある、彼自身の最大のコンプレックスとトラウマの象徴。あのうつくしい刺青《いれずみ》がひと目にふれることを厭《いと》うせいだと、知ってはいる。

けれど、せめて自分のまえでくらい乱れたってかまわないと思う。それとも、まだそこまでは基に許してくれていないのかと思えば悔しく、哀しい。

基はもう、那智に対してなにを隠してもいないのに――。

『……嘘《うそ》をつくな』

「えっ」

つらつらと考えていただけなのに、それを読んだかのような那智の声がして驚けば、はらりとひとりでにシャツが脱げた。

シーツのうえ、抱えられた那智の脚を越えて、うしろ手に腕をついた体勢でシャツがはだければ基の手首にたぐまるはずだ。なのに、気づけば上半身を覆う布地はなにもない。

「え、なんで」

驚き、基は硬直する。ふれられるまえから尖《とが》りきっていた胸のさきをじっと見つめる那智の視線に羞恥がわいた。とっさに身を丸めようとすれば今度は、下肢の衣服が同じように消えていた。

「えっ⁉」

いったいなにがどうして、と状況判断をするより早く、広い胸が基を抱きしめ、閉じこめるように腕が身体を拘束する。

『……さわってほしいんだろう？』

「ち、ちが」

背後から揶揄《やゆ》の言葉を耳元に吹きこまれ、かっと顔が熱くなる。同時に、なにかがおかしいと気づいた。

『嘘をつくな。本当はいやらしいことが、好きだろう、基は』

「そ、そんな、違う」

なんで、そんなこと言うんだ。基は軽くパニックになった。

弁護士という仕事がらか、那智はふだん、おのが言動に慎重で、どちらかといえば寡黙なほうだ。ベッドでもの慣れない基の神経を極力やわらげようとしてくれた。ストレートな問いかけに結果としてひどく煽られるようなことになっても、卑猥なからかいの言葉などめったに口にしない。

行為に不慣れな基にそんな余裕がないこと、性行為については無知すぎるほど無知であることをいちばん知っているのは那智だ。

『濡れたところを早くこすってほしいんだろう？　そうじゃなければ、なぜそんな格好をしている』

いま耳にしたことが信じられない。指摘されたのは、無防備に開ききった自分の脚と、そのまんなかでそそり立ったペニスだ。あまつさえ、那智はその姿をはしたないと笑った。とっさに閉じようとした両脚が、けれどなにかに拘束されたかのようにぴくりとも動かない。

(なんで⁉)

いぶかって振り返ろうとした基を咎めるように、きれいな指が尖った乳首をつねる。

「いた……っ」

『また、嘘を。気持ちいいくせに』

笑った那智が、基の肩をかじったあとに胸に顔をよせる。たったいま指先で痛ませた部分にぬらりとしたものが絡んで、基はとっさに目をつむった。

「あ、あ……っ、いやだ」

『また尖った。赤くて、膨れて、こねてくれと言っている』

底意地の悪い台詞《せりふ》にかぶりを振って、けれどもきっとそのとおりなのだと思った。

那智の滑らかな舌が撫でていくそこは、じんじんと疼《うず》いてかたくこわばり、吸われるたびに敏感になっていく。そしていまはふれられていないペニスも、乳首のうえで小さく濡れた音が立つたびにひくひくと震えた。

『そっちも、舐めてほしいのか？』

「や、ち、違います、違う」

目を閉じていても、凝視されているのがわかる。視線が質量を持って絡みつく。たまらず、あえぐような吐息を漏らせば、さきほどと同じようにまた先端を撫でられた。

『基、本当のことを言いなさい』

「あ、は、……あっ、舐《な》め、てくださ……っああ、あ！」

ぬらぬらと、濡れそぼった粘膜にふれられてはもうたまらずに、鼻にかかった声でねだった。次の瞬間には熱く湿っぽい場所に吸いこまれ、安堵《あんど》と歓喜の声が漏れる。

すすりあげるような音を立てて舐めしゃぶられ、羞《は》じらうようにこわばっていた基の脚が、だらしなくゆるんでいく。膝を曲げた両脚の間に挟みこんだ那智の頭を抱え、一方的に与えられる強烈な刺激に必死で耐えた。

「んっ、んんっ！」

那智の舌が作りあげるうねるような波が、腰をはずませる。もうこらえきれないと訴えるように、必死になって抑えこんでも、基の身体は那智の唇へと突きいれるようにうごめき、また引いて、その淫らな動きにもさらに体感はいや増していく。

長い指がいつのまにか自分のなかにいた。湿った臀部《でんぶ》の奥は激しくかきまわされている。いつのまに、こんなに濡らされたのだろう。不自然な情交のはずなのに、指が動くたびあふれる粘液はどんどん量を増している気がする。

『これは、どうなんだ？』

「きも、ちい……で、でる……っ、あ、ああ！」

大きく開ききった脚の間に、冷たく濡れた指がふれた。自身でも驚くほどに綻《ほころ》んだ粘膜は那智の指をあっさりと飲みこんで、一息に深くまで許してしまう。

「ああっ、あああ……っ」

不安定な上半身が大きく揺れて、背後のシーツに倒れこもうとした瞬間だった。しっかりとした腕に受け止められ、基はぎょっとする。

「——え!?」

驚いて振り返ればそこにもまた、那智がいる。

（なん……なんでっ、那智さん……ふたり!?）

『どうした、そんなに驚いて』

『集中しなさい、基』

あり得ない事態に呆然《ぼうぜん》となる基を背中から抱いた『那智』は小さく微笑《ほほえ》んで、汗ばみ火照《ほて》っている胸のうえを撫でながら基の奥の粘膜を指でいやらしく掻《か》いた。

「うああ、あ！」

なにがどうして、と見おろしたさきにもやはり、基の淫らな性器をくわえる男がいた。わけがわからず、意味もなくかぶりを振った基の脚を、前方にいる『那智』がさらに大きく拡げさせる。

「いやだ、あ、なにっ、那智さ……あ、あぁあ！」

指が引き抜かれ、背後の『那智』が基のなかにはいりこんでくる。いやだともがいても、感じすぎた身体はなにひとつままならない。ずるずると埋まっていく大きなそれが身体で覚えた恋人のものなのはたしかで、抗うことができない基は惑乱して泣きじゃくった。

「いや、だ、やだっ、違う、これ、違う！」

『基、なにも違わない』

『気持ちいいだろう？　舐められながらいれられて、嬉しいだろう』

前後から同時にささやかれて、違う違うとしゃくりあげる。けれど基の身体は、どろどろと渦巻いた熱に溶け、ふたりの男に翻弄されるばかりだ。

「ああう、う……んっ」

深く飲みこまされた逞しいものに突きあげられ、そらした胸のさきを背後の長い指が同時に揉《も》みこんでくる。ぬめった音を立てている深い場所と、その先で律動のたびゆらゆらとする高ぶった性器を、もうひとりの『那智』に舐められ、吸われている。

「やめ、おかし、くな……っああ、あっあっ！」

もうなにが起きているのかさえわからない。尻を抉《えぐ》られながらペニスを舌でいじられ、強烈な愉悦に目がくらんだ。開きっぱなしの口の端からは、あえぎと唾液がひっきりなしにこぼれた。身を縮める基の顎《あご》を背後からの長い指がすくい、形よい唇にふさがれる。

「んふ……ぅ、うぁ、あぐっん、んん！　ん……！」

舌を嚙まれながら、怖くなるくらいに上下に揺すぶられる。基ももう暴走する感覚を止められなかった。『那智』に犯されながら『那智』の唇をまた自分のそれで穿《うが》って、感じやすい胸のさきもどこもかしこも、愛撫の手が唇がふれない場所はない。

(だめだ、壊れる、壊れる！)

連鎖する官能に身体中が性感帯になったようだった。ついには、太く熱いものとつながった粘膜までをも前方にいる『那智』が舐めあげてくる。

「ひぃ、あ、も……だめ、だめです……っ！」

やめてくれと泣きながらも腰を揺すったのは基のほうだった。ぬとぬとと結合部を舐めた男が、喉奥《のどおく》で嗤《わら》う。

『嬉しそうにして……なにがだめなんだ。しゃぶるみたいに動いてる』

「い、いや……」

しゃくりあげる声にも取りあわず、その狭く脆《もろ》い粘膜がどれほど喜んで男をくわえこんでいるのかを、なぶるような言葉で教えられた。脚を閉じようにもしっかりと膝を抱えあげられ、恥ずかしい姿をちゃんと見せろとそそのかされた。

『俺に知ってほしいんだろう』

『本当はいやらしい身体だと、教えたいんだろう』

『こんなふうに抱かれて、ぐしょぐしょになって』

違う、違うと泣きながらも犯される身体が喜んでいる。那智のものをくわえこみ、口づけられれば舌を吸い、だらだらと体液があふれるペニスを舌でなぶられ指で揉みくちゃにされ、激しい呼吸にふくらむ胸をつねられる。

そのすべてを、基はいやだと思っていない。だから那智の言葉に、逆らえない。

『言いたいことを、言ってしまえばいい』

『全部、叶《かな》えてやるから』

あまく低い声がサラウンドのように響いて、基の思考さえもがぐにゃりと溶ける。

浅い息をこぼし続ける唇に、長くうつくしい指を含まされ、縮こまっている舌と同時に声もだせと命じられる。

『どうしたい？　基』

「いや、らし……です、那智、那智さんに、してほ、し……っ」

『なにをしてほしいんだ』

言わなければこのままやめると告げられて、基はついに口を開いた。

「あ、あ、……だ、いて、ください」

『基、はっきり言いなさい。なにを、どう、してほしい』

精一杯の言葉を鼻で笑われる。そんな那智がおかしいこともわかっているのに、くすぶる熱を解放したくてたまらない。みずから腰をあげ、おおきく脚を開いた基は言い放った。

「舐めながら、いっぱい突いて……犯してくださいっ、ひどく、してっ」

濡れそぼった身体の奥に、あなたをくださいと泣いて、せがんで。

次の瞬間、望んだ以上の愉悦を与えられ叫んだ基は、さらに淫猥な言葉を口走ろうとおおきく身体をそらせ、口を開いた。


「——……っ！」

瞬間、バウンドした身体がベッドのうえで硬直した。

ぎょっとした基が目を開けると、薄青い朝の気配のする、自室の天井が見える。

室内には冬の冷ややかな空気が満ちて、だというのに上掛けのなかの自分の身体が異常に火照って汗ばんでいることを基は知る。

どっどっどっどっと、異常なくらいに心臓が早鐘《はやがね》を打つ。わななく指で目元にふれると、しっとりと濡れていた。

「また……あの夢……っ」

細い指で顔を覆い、基はうめいた。夢の余韻で興奮したままの身体は震えている。

夢とはいえ、自分のあまりの淫蕩《いんとう》さにあきれるほかない。

蒸れた上掛けをまくり、じくじくと膿んだような熱の去らない身体を起こす。時計を見れば、まだ朝の五時。

寝直すにせよ寝間着は汗にじっとり湿っているし、なにより脚の間には覚えのあるぬめり。シャワーを浴びて着替えるしかない。下着を汚したことが情けなく、呼吸がひきつる。

なにをそんなに飢えているのかと情けなくて、涙がでそうだ。

「なんなんだよ、これは」

湿った服のなかで身体を縮め、基は鼻をすすった。

基が淫夢を――那智に抱かれて乱れるそれを見るのは、はじめてではなかった。あまりに立て続けなせいで、次第に慣れさえも感じていたが、きょうのはいちばん強烈だった。

ふたりの那智に身体中を弄《もてあそ》ばれ、いれられながら舐められて。心も身体も開ききって、恥ずかしい自分をさらすような真似《まね》までした。そんなにまでして抱いてほしがっている自分をいいかげん認めろと告げた彼らは、きっと基のなかのどうしようもない飢餓感が表れただけなのだとわかっているから、情けなくてたまらないのだ。

あさましく誘ってしまいそうなほど、那智を求めてしまっているのは否めない。

それというのも、はじめて肌をあわせてからもう、ずいぶんと経《た》つというのに――いっこうに、彼と触れあえる時間が持てないせいだ。

避けられている、と感じているのはなにも、疑心暗鬼なだけではない。

「……くそ」

湿った髪をかきむしり、基は震える身体を自分の手で抱きしめた。そうしているうちにも汗がどんどん冷えていく。震える息を吐いて立ちあがり、おぼつかない足取りで浴室へと向かった。

自室をでると、部屋は真っ暗だった。那智はまだ仕事をしているのか、今夜も帰ってきた形跡はない。台所を覗《のぞ》きこむと、那智のために作った料理が手つかずのままで、それにもすこし落ちこんだ。

のろのろと服を脱ぎ、証拠はさっさと隠滅するに限ると汚れた下着を手洗いしたあと寝間着ごと洗濯機に放りこんでスイッチを押す。

浴室の冷えた空気に身震いしながら、シャワーに打たれて、ぬめった汗を流した。夢の残滓《ざんし》をこそぎ落とすような勢いで頭から身体を洗い、ようやく人心地ついた。

腫れぼったい目元を手のひらでこすって、濡れた髪をうしろに流し、基は深く息をついた。

「勉強、しないとな」

もう眠れそうにもないし、鬱々《うつうつ》としているくらいなら参考書を睨《にら》んでいるほうがましだろう。なにより、もういちどやり直す機会をくれた那智のためにも、失敗はしたくない。

来年、基は新学年からの編入試験を受けることになっている。

かつて在学していた高校には自主退学の手続きをした。あの当時の基は、クラスメイトによる暴力的で執拗《しつよう》ないじめに遭《あ》っていたのだが、同時に実父による虐待を受けていたことで、どうしようもなく追いつめられ、絶望していた。

家でも学校でも繰り返される暴力に疲れ果て、ある雨の日にクラスメイトから逃げる途中、那智とぶつかったのが出会いのきっかけだ。道に倒れこむ基の、当時かけていた眼鏡《めがね》を踏みつぶしてしまったことと、またその絶望的な表情を気にかけていた那智が、後日やくざに絡まれ危険な目に遭っていた基を助けてくれたのだ。

ひどい怪我を負った基は、那智の友人で開業医でもある村瀬《むらせ》や、助手の木村太《きむらまさる》らに手厚く看病され、どうにか身体の回復を得た。

窮地を救ってくれた那智への淡い恋心に気づいたときは、いっそ死にたくなった。自分のような人間が彼を欲すること自体に罪悪感を持ち、いちどは距離をおこうとした。

それでも、あきらめきれず、一途《いちず》に那智だけを追いかける視線に気づいてくれた彼は、逃げるなと諭し、壊れそうな心ごと受けいれてくれた。

はじめての口づけをもらったその日――まるで基のささやかすぎる幸福を嘲笑《あざわら》うかのように、壊れてしまった父親に暴力を振るわれ、犯された。ずたぼろになった基を助けてくれたのも那智だったが、逆上した父親に彼はガラス片で斬《き》りつけられ、ひどい怪我を負った。

基は錯乱状態に陥り、ストレスからの胃潰瘍で吐血した。意識を失っている間、最悪なことに保身の意識だけは残っていた父によって、基への暴力行為はすべて那智がおこなったこととされていた。

自身が受けたひどい傷よりなにより、那智の濡れ衣《ぎぬ》を晴らさなければならない、その一念でおそらく、基の精神は立ち直ったのだと思う。そうして、怪我と取り調べに憔悴《しょうすい》したままの那智が、心も身体もすべてほしいと願ってくれた。

すべては那智のおかげで、いまの基があるのだ。

それから数カ月経つが、基のあの当時の記憶はひどくあいまいだった。壊れてしまった父に受けたさまざまな事柄は、那智をはじめとする、基を取り囲むひとびとのこまやかな愛情と気遣いによってすこしずつ払拭《ふっしょく》されていっている。

保護者をなくし、人生をリセットするにも術《すべ》がないと思いこんでいたのに、けっきょく那智は基の入院中に後見人の手続きを済ませ、自分の所有するマンションビル内の一室を基に与えてくれた。

あの荒れた高校を辞め、転校するようにと勧めたのも那智だ。

一時期は高専に進むことも考えたが、いろいろ検討した末に、私立高校へ入学しなおすことを決めたのは、自身の偏りを基が自覚していたからだ。

工学、科学の知識はおそらく同年代からしてもずば抜けている基は、理系に進むほうがいいと周囲の大人は勧めてくれた。けれど、対人スキルなどについてはからっきしだめなことが問題だと指摘したのは、少年課に関わったこともある刑事の島田《しまだ》だ。

——基くんは、ふつうのことをふつうにしたことがないだろう。勉強はあとでもできるけど、青春はいましか謳歌《おうか》できないぞ。

まずは暴力のない人間関係に馴染《なじ》んでみろと言われ、基もうなずいた。

編入さきの武楠《ぶなん》高校は、今現在の住所からはすこし離れているが、有名な私立のエスカレーター式で、のんびりした校風としゃれた制服で有名なところだ。高校受験をやり直すことになるため、いまは予備校にも通わせてもらい、必死に勉強をしている。理数系はともかく、文系に関しては、工業高校ですごした二年のうちに完璧に落ちこぼれてしまったからだ。

基は、できることなら那智と村瀬の通った高校にいきたかった。島田も那智や村瀬の高校の後輩だそうで、校風の評判もいいと聞いていた。

しかし生徒のほとんどが有名大学へのストレート合格を果たしているという、超エリート集団で知られる高校には、偏差値の問題で断念せざるを得なかった。

——那智はなかでも、さらに人種が違うって感じだったけどな。

村瀬が言うには、基の恋人はその難関の高校では常に主席で、日本一と言われる大学もトップの成績で合格、卒業。大学在学中に司法試験に一発合格したような頭脳を持っている。その優秀な頭脳を正しく使うべく、現在の那智は弁護士というひどく忙しい仕事に就いている。彼の手を求める人間は多く、生い立ちに関してのグレーな噂《うわさ》があるにもかかわらず、依頼はあとを絶たないらしい。

那智は、広域指定暴力団である鳥飼《とりかい》組、前組長であった男の庶子だ。

彼の父親はクォーターという異色の存在ながら優秀な息子を、ことのほか気にいっていたらしかった。本妻の息子もいたようだが、成績も胆力も那智の足下にも及ばなかったらしい。後継者として欲しただけでなく、異様な執着を向けた父親が遺《のこ》した疵《きず》は、かつて那智がいまの基と同じ年齢だったころ、無理矢理に背負わされた背中の夜桜として残っている。

それでも那智はけっしてその道に進もうとはしなかった。快楽にも金にも暴力にも屈さず、父の死を機に家をでて、その対極にある法の世界へ進んでいった。

どこまでも清廉であろうとする那智のあの強さに、基は焦がれてやまない。

けれどそれだけに、彼の多忙さが心配でたまらない。

そもそも、現在の那智が忙殺されているのは、基の事件に関わったせいでもあるのだ。

本人は平気だと言うものの、基の父親に負わされた背中の怪我もずいぶんひどいものだった。那智自身はけっして口にはしないが、疵の養生にくわえ、基の面倒を見たことで時間をとられ、仕事に差し障りのある部分もあっただろう。

あげく直接の仕事とは関係のない部分で基に関しての後見人手続きや、部屋の手配も諸々とあったはずだ。その埋めあわせにといま、仕事に飛びまわる羽目になっている。

すべて自分の招いたことで、那智がそのツケを払っている現状が申し訳なかった。

会えなくてさびしいなどと、駄々をこねるわけにはいかない。よしんば状況を知らなかったとしても、基の性格から言って、そんなことをねだれるわけもないけれど。

「わかってるんだ、しかたないってことくらい。わかってる、けど……」

自分に言い聞かせるけれど、飲みこみきれないなにかが腹の奥でうずまいている。

生活をともにするようになって気づいたのだが、那智はそこらの年配者よりも口やかましいところがある。

保護者代理という役割上しかたないとも思うのだが、自身の生い立ちのせいか「ふつうの生活」というのに必要以上に固執している部分もあるようだ。

顔をあわせれば、このところの勉強の進み具合や体調のことばかり気遣われ、すこしもあまい雰囲気にならない。家のことをしようとすれば、もういいから勉強しておけなどと言われてしまう有様。本当に正しく、後見人として振る舞ってくれる。

そして基はたびたび思うのだ。

(俺って、那智さんの、なんなんだろう)

基はけっして、那智に保護者の役割ばかり求めているわけではない。たしかに彼といれば安心もするし、年の離れた兄のような憧《あこが》れをも感じている。崇拝すらしていると言ってもいい。

けれどそれ以上に、なまなましい部分で那智を恋い慕っている。

——舐めながら、いっぱい突いて……犯してくださいっ、ひどく、してっ。

夢のなかで叫んだ言葉を思いだし、どっと汗が噴きでた。顔中が熱くなり、身体の一部がずくりと疼いた。シャワーの温度を一気にさげて頭から水を浴びる。

「ほんとにばかか、俺は」

どれだけ貪欲になるつもりだと、自分に叱咤《しった》する。受験もある、将来を見なおす学生未満の分際で、色欲に溺《おぼ》れている場合ではない。

なのに、基の中心はもどかしげに熱を帯びて、解放させてくれと頭をもたげている。

壁のタイルに、ごつんと額をぶつけた。痛みも、冷たい水も、すこしも熱を散らしてくれず、基は顔を歪《ゆが》めながらそこに手を伸ばした。

「う……」

握りしめたとたん、うめきが漏れる。背中に冷たいシャワーを浴びながら、発熱したようなそこを手早く解放するためにこするけれど、なにかが物足りなくてもどかしい。

那智の手ではないからだ。細くて頼りない自分の指に、どうしようもない違和感がある。

はあはあと息を切らしながら、自分の性器をこすり立てることがやめられない。自瀆《じとく》という言葉が頭をよぎって、なんてことをするんだと思いつつも、下腹部の張りつめた痛みはもう、この熱を放出しなければ止まらないのだと基に知らしめた。

(なにしてんだろ)

基はそもそも性に対してひどい拒絶感があった。父親や同級生らに踏みつけられていたせいで、心身ともに健全な発達ができなかったのだろうと村瀬に診断された未成熟な身体。

いまだに無毛に近いそれはまるで子どものようなのに、欲情だけはする。そのくせ、射精するのを怖がって、かけあがろうとするたびに胃の奥に悪寒《おかん》が満ちていく。

「くそ、ちくしょう……っ」

処理のための不毛な手淫は、次第に痛みだけを覚えさせた。じりじりする感覚にも、いっこうに解放をみない無駄な処理行動にも疲れ、基はそこから手を離すとタイルによりかかるようにして床にへたりこむ。

「なんなんだよ、もう」

立て膝に額を載せ、身を縮める。この程度のことも、自分でできないのかと落ちこんだ。

こんなことなら、性欲など覚えないままでいればよかった。那智と出会うまで、ろくに勃起すらせず、それで困ったこともなかったのに、いまでは毎日このありさまだ。

自慰ひとつうまくできずにフラストレーションだけがたまって、けっきょく夢がエスカレートして、毎晩夢精する。

（でも、那智さんも悪い）

あんなにも熱っぽく抱いて求めておいて、いちどきりで放りだされたことが恨めしい。

知らなければ、知らないままですんだことだったのに、那智をほしいと思う気持ちとあの宙に浮くような感覚を教えこんで、あとはなにもないのはあんまりだ。

恨みがましく考えて、すぐさま、自分はなんて汚い人間だと落ちこんでしまう。

那智が責められるいわれはなく、だからこそ自分のみっともない身体がいやでしかたない。

（大事に、してもらってる。それはわかってる。でも）

まったくといっていいほどふれてもらえないのは、哀しい。

那智に抱かれて、愛情と快楽をもらった時間は本当に幸福だった。けれども不慣れな行為のせいか、基は数日ばかり起きあがれなくなってしまった。

診察したのは、毎度のごとく村瀬だったおかげで、基と那智の間になにが起きたかはすぐに彼の知るところとなったのだが、町医者は苦い顔で那智に苦言を呈した。

——あのなあ、アナルセックスってのは受け身のほうに負担がでかいんだ。まして基はいろんな意味で、身体と気持ちのバランスが悪い。それを頭にいれておけ。

ふたりの間にあるものが恋愛であると認めてくれている村瀬は、その後、医学的な言葉をまじえてこまかな説明もくれたけれど、基はほとんど覚えていない。

他人にその種のことがばれてしまったときのうろたえや情けなさというのは言葉にしがたいものがあり、また熱をだしたことで那智に迷惑をかけた申し訳なさでいっぱいだった。

——とにかく急《せ》くな、止吾。なんでもゆっくりだ。

そう言い置いて村瀬が去ったあと、那智は、なんともつかない表情のまま顔をしかめていた。基は横になったまま「すみませんでした」と告げたのだが、それに対しても苦いため息が帰ってきた。

——なんで、基が謝る。

——俺、慣れてなくて。こんな、なったから。

寝てしまったのは共同責任なのに、村瀬が咎めたのは那智ひとりだった。それがどうしても納得いかず、だからこその謝罪を那智は受けいれなかった。

——謝るのは俺のほうだ。無理をさせて悪かった。

謝るのはやめてくれと言いたいのに、言葉がでなかった。

きれいな首筋に抱きついて、やさしく口づけられあやされて、まだ熱があるから寝ていろ、と告げられ、ベッドに押しこまれた。

そして、それきりだ。

寝こんだ身体が回復してから、何度かほんの軽く抱きしめられることはあったけれども、けっきょく那智は行為を最後まで完遂することはなかった。

はじめのうちこそ、基が熱をだしたせいだと思っていた。那智はひどく甲斐甲斐《かいがい》しかったし、気遣われているのだと思えばそれも幸せだった。

けれど一週間、二週間と経つうちに、キスひとつないのはなにかおかしいと感じはじめた。

そうこうするうち仕事に忙殺された彼はろくに帰ってこなくなり、肌がさざめくような幸福に巻かれていたあの日から、もう一カ月以上も、基の身体は那智にほったらかされている。

唇をあわせる機会どころか、ろくな会話もない。同じ部屋に暮らし、彼の仕事場はこの部屋の階下にあるというのに、この三日、顔も見ていない。そのまえに話したのは、たしか五日は間を置いていた。

ここまでくると、那智は二度と基と寝る気がないのではないかとしか思えなくなっていた。

(なにがまずかったんだ)

けっきょくのところ、那智が応えてくれたのは同情でしかなかったのか。感情の行き場がないまま、たったいちどの情交を思いだしては、自分の落ち度を必死にさがし、同時に、そんな残酷なことを那智がするわけがないと言い聞かせる。

再受験を控えた基が怠惰な行為に溺れ、無理をするのはよくないと、きっとそんなふうに考えてくれているのだろう。

いや、そもそも死にたがる子どもを放っておけず、しかたなく愛してやると言ってくれたのかもしれない。

いずれの予想もあるといえばありそうで、感情の振れ幅がひどいことになっている。気持ちがいつも不安定で、頭のなかはぐちゃぐちゃだ。

（那智さんがほんとにどう思ってるかなんて、俺には、わからない）

冷静な那智はただでさえ大人で、基にはいろいろ読めない部分も多い。それでも、すぎるほどに大事にしてくれているのは知っている。恋愛だろうが同情だろうが、それは疑っていない。

めちゃくちゃな迷惑をかけたのに、見捨てられていないだけでも感謝しなければならない。

そう理解していても、どうしようもなく寂しい。触れあってしまうことを覚えた肌はもう、彼の熱を知らずにいたころよりも欲深くなっている。

「……っ」

ずきりと、自分では解放しきれなかった性器が疼いた。基は薄い肩を自分の手できつく抱き、身を縮める。

抱きしめて、唇を吸って舌を噛んで、もっとそれ以上の深い触れあいを望んでいる自分に気づけば、恥ずかしくて消えいりたくなる。

また、那智はこちらが思うほどには求めてくれないのかもしれないと思えば、噛み合わない気持ちが哀しかった。

——本当はいやらしい身体だと、教えたいんだろう。

夢のなかの『那智』がささやいた台詞は、たぶん基の本心の叫びだ。

抱いてほしくておかしくなりそうで、この飢餓感と、身体中を駆けめぐる情欲を、那智に埋めてほしくてしかたない。

(そんなこと、言えるわけがない)

ぎり、と裸の肩に爪をたてた。

本当は何度か、いっそ抱きしめてくれと腕を伸ばしてしまいそうな瞬間はあった。けれど清潔な横顔を見るたびに、言葉は喉の奥に引っこんだ。

痛みの多かったこれまでを埋め合わせるよう、基が世間に引け目を感じることのないよう、最大限の気遣いをみせる那智にやさしく大事にされるたび、渦巻いている欲情を受けいれがたくなる。

基から誘うことなどできやしない。抱いてほしいなどと言ったら軽蔑されるかもしれないし、そんなことになったらもう、生きていけないとさえ思う。

けれど、この身体をこんなふうにしたのは那智だ。あますぎる口づけを教え、官能という言葉の意味を身にすりこんだのも那智だ。

引き裂かれる痛みなどなにも与えないまま、逞しいものを基にいれて、死んでしまいそうな快感を教えたのも、すべて、那智だった。

――これでなら、死んでもいい。……何度でも殺してやる。

貫かれ、揺さぶられた瞬間を思いだして、びくりと基の背中が震えた。

羞恥と、いっそ憎らしいような感情さえもこみあげるのに、那智がほしいと泣いているその場所は、喉を嚥下させるのと似た動きで勝手にざわざわとうごめいている。

震える性器をこらえきれずに握りしめる。

「もう、いやだ、もう……っ」

自分は絶対にどこか、おかしいのだと思う。泣きながらそれをこすりあげ、なぜこんなにきりがなく欲情してしまうのか、誰か教えてくれと思った。

そろりと指を伸ばす。こわごわとふれた脚の奥が、案の定ひくついているのに気づいて泣きたくなった。

自慰が完遂できない――物足りなさの理由は、未成熟な心の引き起こす嫌悪や羞恥だけではない。ゆるゆると撫でる手を止められない事実が基を打ちのめした。

「ああっ！」

偶然の動きがひどく感じる部分をかすめて、びくりと膝を曲げて転がる。腰を浮かし、裸の尻を振るような自分の痴態に罪悪感を覚えるのに、なおのこと高ぶっていく。

さきほど、がむしゃらにこすって痛いばかりだったペニスからどろどろと体液があふれた。指にとって奥になすりつけ、狭間《はざま》をこすり続ける。

「ん……ぐ、うう、うっ」

こらえろと言うつもりで指を押しあてていたつもりなのに、自分でもぎょっとするほどにそこは綻んでいて、あっさりと基の細い第一関節は飲みこまれた。

(はいった。こんなに簡単に)

それもあたりまえだ。毎日、自慰に失敗してはここをいじり、けっきょくこらえきれずに指を飲ませている。単純な射精をすることができない身体になったと気づいたときには絶望感すら覚えた。

那智の指で変えられたそこがもう、自分にとってはセックスのための器官でしかあり得ない。感じればすぐにとろりとやわらいで、たしかななにかでこすってくれと卑猥に口を開閉しはじめる。

(奥、熱い……っ)

鼻をすって、誰か止めてくれと思うのに、ぬるぬると体液をなすする動きが止まらなかった。恥ずかしくていやらしいと思うほどに、びくびくする腰が止まらなくなり、緊張しては弛緩《しかん》するうちに、さらに奥のほうまで痺《しび》れてくる。

「那智さんは、ひど、い」

燃えあがりやすい、脆い身体に気づかせて、那智でなければだめにしたのに。

あまやかされることを覚えろと、してほしいことを言えと迫ったくせに、自分をひとりで置いてきぼりにした。

「あう、は……んー……っ！」

抵抗感を感じておかしくないはずの場所が、むしろ指を飲むように動いていた。あの日こんなふうに那智を吸いこんでいたのだと思えばたまらず、その複雑な隆起をたしかめるように基の指はさらにうごめく。

しかし、根本までを受けいれた時点で、ひくひくと泣きじゃくった基はただかぶりを振った。足りない。那智のそれのように長くはない、細い基の指では、侵入するにも限界があった。もっと、ともがいて腰をあげても、質量が足りないものはどうしようもない。

「あ……那智さ、那智、さん……っ」

鼻を鳴らしながら、名前を呼ぶ。手首にペニスをこすりつけながら指で尻をいじる基は、いつのまにか、尖った乳首を押し揉んでいた。この場所も、那智にはじめてさわられたあの日から、ずっとひりひりして、疼いている。

流しっぱなしのシャワーが基の肌を打った。冷水でも火照った身体はおさめられず、どころか全身を流れる水流が那智の手であったならいいと願う始末だ。

「那智さんっ、なちさ、ん、……いれ、て、ください……っ」

なんて卑猥なことをしているんだろう、と思いながら、もう止まりはしなかった。ほっそりとした感触のそれで内部をできるだけ攪拌《かくはん》しながら、ついに訪れた絶頂感に身体がこわばった。

「あっ、あっ、ああ！」

短く叫んで、ようやくの射精に全身が脱力した。粘ついた体液はすぐにシャワーの水流に流されていき、荒れた息だけが空間を満たす。

ひとまずの解放を迎えたけれど、どこにもいけなくなるような気の焦りばかりが高まった。情けなくて泣きながらどうにか射精したけど、けっきょく痛痒感と飢餓感を倍増させただけだった。満足するどころか、募るのは寂しさと物足りなさだけで、どうすればいいのか基にはわからない。

ぐったりしていたけれど、床に伏した身体から興奮が去ると、冷えた肌が痛みを覚えはじめた。ゆっくりと身を起こし、ふやけたような指を体内から抜き取れば、潤滑剤の類《たぐい》もないのに濡れていた。女のように濡れるようになったそこを知って、基はくしゃりと顔を歪める。

「もう……いやだ」

かげんもわからないでこすったせいで、基自身も尻の奥も鈍くひりついていた。

求めすぎる自分がおそろしく、滑稽《こっけい》で惨《みじ》めだ。これでますます那智に抱いてくれと言えなくなった。こんなあさましい人間を、高潔な彼にふれさせていいわけがない。

白く晴れた朝のなか、腫れあがったような身体の疼きをこらえ、基はひっそりと身を縮め、震えていた。

＊　　＊　　＊

それから数日が経ったある日、基は毎度のごとく、自身の受験勉強を進めるついでに、マサルへの授業を行っていた。

基に触発された彼も、来年は定時制高校を受験することになっている。那智は全日制のほうにかよっていいと言ったらしいが、彼が「仕事もやめたくない」と言い張ったための選択だ。

頭をつきあわせるのは、那智の自室の居間。基にもマサルにも、那智に与えられたそれぞれの部屋はあるのだが、マサルの勉強を見てやるときには、もっぱらこの広い部屋に集まることが多い。

「ほら、これもちゃんと解いて」

手が止まったマサルが飛ばした設問を指さすと、ふてくされたように彼はうめいた。

「無理だよ。俺ばかなんだもんっ、わかんねえよお」

「マサルくんは、ばかなんじゃなくて、勉強やってないだけだろ」

知らないのなら覚えればいいし卑下することはないと、基は根気強く言ってきかせる。

実際、基礎学力が身についていないマサルの最大の問題点は、勉強することへの耐性のなさなのだ。けっして飲みこみが悪いわけでもないし、頭の回転はむしろ速い。

「ほら、ふてくされないでがんばる」

「うぐう……」

「俺、ちょっと鍋見てくるから。もうすこし考えて」

基が席をたつと「がんばる」とマサルがうめいた。

彼に与えた設問を解かせている間、基は夕食のシチューの様子を見に台所へ向かう。鍋をかきまわし、味見をしていると「ああっわかった！」と背後で大きな声がした。

「できたよもっくん、できた！」

「わかった。ちょっと待って」

テキストを睨んでいたマサルは、嬉しげに例題を解き終えたと告げる。ほどよく煮えたシチュー鍋の火を止め、基が部屋に戻ってマサルのノートを見ると、模範どおりの正解だった。

「ん、あってるあってる。ほら、がんばればできただろ。すぐに投げない」

「へーい」

褒められつつ叱られて、マサルは照れ笑いをしながら金髪を掻いた。苦笑した基は「すこし休憩しよう」と提案する。

「お茶飲む？　あまいものとか、なんかあったっけ」

「たしか、もらいもんのクッキーあったと思う……あ、これこれ」

フットワークの軽い彼はお手伝いを申しでて、那智が仕事相手から送られてきたという有名店のクッキーの箱を棚からとりだした。レトロな色合いのデザイン、花のイラストのパッケージを見て、基は真っ青になる。

「ちょ、ちょっと、それ、村上開新堂《むらかみかいしんどう》のクッキーだろ！　食べていいの⁉」

以前、大企業の社員であった父親が取引先からもらってきた際にうんちくを垂れたことで知っていたが、村上開新堂は、鹿鳴館《ろくめいかん》時代から貴賓たちをもてなしていた宮内庁肝いりのパティシエが創業したという超高級洋菓子店だ。

購入するにも簡単ではなく、まず常連からの紹介を受けた人間でなければならず、予約後から製作にはいる。しかもオーダー制のため商品到着まで何カ月も待たされるというクッキーのつめあわせは、ひと箱で一万二千円以上するという。

「いんじゃね？　うまいもんはうまいじゃん」

マサルはけろっとしたものだが、基は頭を抱えそうになった。

「食いものは食いものだろ。それにどうせ、那智さん自分じゃ食わねえし」

「そうかもしれないけど……お客さま用なんじゃ……」

「客用は事務所に置いてあるって。自宅に置いてあんだから、食っていいんだよ」

みっしりと隙間《すきま》なくつめられたクッキーのひとつをつまんだマサルは行儀悪くたったまま、ぽいとひとつを口に投げこみ、「おー、うっま！」と歓声をあげる。

「とりあえずコーヒーいれるよ……」

そんな食べかたは冒瀆《ぼうとく》ではないのかと基はますます頭が痛くなり、せめても高級クッキーに敬意を表して、きれいな皿にあける。コーヒーをいれてトレイに載せ、ごちゃごちゃとテキストが散らばったテーブルに眉をひそめる。

お茶の用意をきちんとする基に、マサルが苦笑する。

「もっくん神経質だよなあ。いいじゃん、好きに食えば」

「いや、なんかおそれおおくてね」

おそるおそる、一枚をかじる。バターを使わないというクッキーは素朴な風味ながら歯触りもよく、さすがに高級、という味の深みがあった。

しばらく無言で頭を使ったぶんの糖分を補給していると、コーヒーを吹き冷ましながらマサルがちらりと上目遣いをした。

「……なあ、もっくん」

「うん？」

「気のせいかもだけど、最近元気ねえんじゃね？」

ふたつ年上の友人がかける気遣いの声に、基は内心ぎくりとした。

「そんなことないよ、なんで？」

薄く目を伏せて笑う自分が、ひどくいやな人間になった気がした。

基が憂い顔を見せてしまえば、マサルはふだんの傍若無人《ぼうじゃくぶじん》さを引っこめてしまい、あまり強く問いつめることもしてこないとわかっていての拒否だ。

けっして視線をあわせない基のあいまいな表情をじっと見つめ、おおざっぱなようで案外鋭いマサルは「なんでって、なんとなく」とクッキーをかじる。

「でも、その顔するってことは、なんかあるよな。ま、言いたくねえならいいけどさ」

「べつに、なにも……」

本当になにもない、と言いかけた基は、マサルにじろりと睨まれて口をつぐんだ。

「言いたくないならいいっつってんじゃん。ごまかすのだけはやめろよ。嘘もきらいだ」

「……ごめん」

「俺、ばかだけど、鈍くはねえから。最近、那智さんもまったく家戻ってねえのも知ってるし。あのひともなんも言わんけど、原因と結果くらいは想像がつくんだ」

そっぽを向いたままの彼の言葉に、基の胸の奥が小さく痛む。きつく言われたせいではなく、マサルの広い肩がちょっとだけ落ちていたからだ。

純粋でやさしい情を持って接してくれる周囲のなか、最も年が近く仲のよい彼の無言は、容認ではなくあきらめだ。基の秘密主義を、マサルはあまり快く思ってはおらず、それでも尊重してくれている。そしてすこしだけ、信用されてないのかと哀しく思っている。

（そこまでして、ごまかしたいのか、俺は）

自嘲しながら、基は数カ月まえの記憶をたどる。

あの忌《い》まわしい事件のあと、ぼろぼろになるまで黙っていた基を、見舞にきたマサルがなじったことがあった。

――なんでだよ、もっくん。俺、なんかあったらゆってくれっつったじゃんか……！

内側と外側両方からの暴力を受けていたのだと教えもしないまま、基は腹のなかに穴を三つも開けて血を吐き、げっそりと痩《や》せた。もうあとすこし発見が遅れれば、取り返しのつかないことになったかもしれないと村瀬に聞いたマサルは子どものようにわんわんと泣いて、基を非常に驚かせた。

――なんか困ったりしたらちゃんと相談するってさあっ……なのに、腹に穴あいたって、なんだよそれ！

心底申し訳なくて、また案じてくれたことが嬉しくて、基は目を伏せるしかできなかった。

――ごめん……言えなかったんだ。言ったらマサルくんに、軽蔑されそうで。

基の抱えた虐待の実情は、大抵の人間ならば吐き気を催すようなものだ。せっかくできた友人に負わせることができなかった。

けれど、勝手に思いつめていた基をマサルはしかりつけた。

――ざけんな、俺のこと舐めてんのかよ！　俺、哀しいよ。もっくんが俺のこと信用してなかったほうが、よっぽどすっげー、むかつくよ！

嘘をついた、と子どものように泣いたマサルの頭を撫でたそれは、まるで母親のような手つきだった。自分の手にそんなやさしい仕種《しぐさ》が宿っていると知ったのははじめてだった。

抱える重さの分を自覚するだけ、言葉にだして聞かせた相手へそれを負わせることに、どうしても罪悪感を伴ってしまう。そんな基を、村瀬などは苦みを含む声で諭してくる。

――もうすこし、ひとを信用してみるのはどうだ？

以前にくらべると、これでもだいぶ胸を開くようになったと思う。大人たちの案じる言葉を受け止めるようになったし、かつてといまでは、状況が違うことも理解している。

けれども、あまりに長いこと孤独でいた基は、友人という関係の相手にどこからどこまでを告げていいのか、線引きがよくわからず、悩みがあっても打ち明けられない。

逆に、この程度のことで思い悩むのが果たして順当なのかどうか、そこですら迷って、混乱しているのだ。

それでも、目をあわせずに頰杖《ほおづえ》をついたマサルの姿を見れば胸が痛む。

なによりここ数日の不毛な状態に基自身も疲れていて、誰かに打ちあけたいという気持ちもあった。

ことがことだけにためらいはあるが、マサルならば笑って流してくれる可能性もある。思いきって、基は口を開いた。

「……あのさ、マサルくん」

「なにっ？」

大型犬が主人に呼ばれたかのような勢いでマサルが顔をあげる。地元で大暴れしていたころは、本名の「大」をもじって「狂犬」とまで言われていた彼なのに、いまではすっかり基の番犬だと評したのは、口の悪い村瀬だ。

ちゃんとしつけろ、基はあまいぞと笑われたけれども、くるんと動くまっすぐな視線に向きあってしまえば、情に弱い少年は観念の白旗を揚げるしかない。

「……誰にも、言わないでくれるかな」

「言わね」

真剣な顔で即答され、じっと目を覗きこまれた。なんとなく正座してしまった基におなじく彼も正座で、しばし無言のままじっと見つめあう。

（……なんて言えばいいんだ）

自分が疲れて見える理由、行きづまっている理由。

とりもなおさず性的なことにつながるそれを、基はどう言えばいいのかわからず、口をぱくぱくさせるばかりだった。口が渇いて、何度もコーヒーを含むけれど、次の瞬間には舌が乾《ひ》あがったようになっている。

（だめだ、言えない）

冷や汗がにじみ、緊張に体温がさがっていく。長い沈黙の間、なにも言わずに黙っていたマサルは、勝手に追いつめられていく友人をまえに静かな声を発した。

「コーヒーなくなったな。もっくん、なんか飲むか？」

「え？」

指摘されて気づくと、まるで身を護《まも》る盾のようにきつく握りしめていたカップの中身はからだった。

長々と黙りこんでいた基へとかけられるマサルの声は、けっして焦《じ》れても、いらだってもいない。ただ根気強くこちらの気持ちを開こうとする、その様子は、入院中に話をしたカウンセラーの態度とも似ていたが、向けられる情のあたたかさがまるで違う。

（わかってくれようとしてるんだな）

ケースに押しこみ、分析するためでなく、痛みを共有しようとする友人の声に、基は肩のちからを抜いた。ふっとこぼれた笑みは、すこしだけこわばった頬のかたくなさを払拭させる。

「そう……だね。なにか」

「うし。じゃ、飲も飲も」

立ちあがったマサルに、「コーヒーなら俺が」とあわてて続こうとした基は、彼に「いーれた。

「座ってて」と押しとどめられた。

「俺持ってくるから。もっくんは動かないで」

しかたなく、浮かせた腰を戻す。ものの一分も経たずに戻ってきたマサルの手にはトレイもコーヒーもなく、はい、と差し出された缶のラベルに、基は目を丸くした。

「マサルくん？」

サッポロの黒ラベルは、ちょこちょこと顔を見せる村瀬が「俺専用」と置いていったものだ。那智はあまりアルコールは嗜《たしな》まず、それは弱いのではなくいくら飲んでも酔わないせいで、とくに好まないからだと聞いている。

しかし、なぜこのビールがここに。基が首をかしげると、にやにやと笑いながらマサルがプルタブを開けた。

「いや、腹割って話すには、これっしょ」

「俺、未成年なんだけど」

「いいじゃん。特例、特例。ちょっとのオイタくらい、十代でやっとかないとさ。もっくんはまじめすぎんだよ」

堂々と違反行為をすすめてくるマサルにあきれたようなため息をこぼした基は、なんだかふと、おかしくなった。

「村瀬先生、怒るんじゃないか」

「買い足しときゃ、わかんないって」

陽気であかるく、言動はたまに子どもっぽいけれども、マサルの経験してきたこともかなりディープなものだ。彼ならば、基の思い病むそれをあっさりと受けいれてくれるかもしれないと、なぜかその瞬間信じることができた。

「やなことあるときはさあ、ぱーっと飲むのもいいんだってば。な?」

「自分が飲みたいだけじゃないのか」

「ま、いいから、かんぱーい」

勝手にごつんと350ミリ缶をぶつけて言うなり、一気に缶を呷《あお》ったマサルに苦笑して、基も怖々とそれに口をつけた。

(那智さん、怒るよな)

未成年がアルコールを摂取するなど、きっと那智は目くじらを立てるだろう。そうは思ったものの、基はそれをやめようとは思わなかった。

保護者の顔ばかりする那智に対して、すこしやけになっていた。怒られるような真似をすれば、顔を見られるかもしれないと——そんなふうに思わなかったとは言いきれない。

思いきって飲みこむと、奇妙なえぐみと苦さしかわからない。罪悪感のせいも、すこしはあっただろう。

「どう?」

「なんか、アルミっぽい味、っていうか」

あまりおいしいとは思えないと顔をしかめた基に、マサルは「つまみがないからかも」と立ちあがった。

「あ、シチューあんじゃん、シチュー。あれでいいじゃん」

「それ夕飯のぶんだろ」

「残せばいいって」

テーブルのうえのテキストは片づけられ、酒宴の準備を進めていく彼のなかで、いつのまにか悩み事を打ち明ける云々《うんぬん》は、消えてしまったようだ。

基は、やはり飲みたかっただけなのではなかろうかと眉《まゆ》をさげた。

（それなら、そのほうがいい）

どこかほっとしながら、ちびちびと基はビールを舐めた。

毎日欲情するのだが、強すぎる性的な欲求はやはりふつうではないのだろうか――などと、訊《き》けたものではない。勢いあまったさきほどならいざ知らず、間を置いたことでますます、口にできなくなった。

うっかりするとパニックを起こしてしまいそうで、さっきも声がでなかったのだ。

（言わなくてすむなら、それがいい）

色情狂にでもなったのかと思うほど、セックスのことばかり考えている自分を持てあまし、そのくせに止められなくて淫猥な自慰ばかり繰り返してしまう。

それはやはりあの、父から受けた常軌を逸した経験のせいで、自分がどこかおかしいのではないかと思えば怖くなった。

事件後、基をカウンセリングした医者はろこつに口にすることはしなかったけれど、自分自身の状況をなんとかしたくてネットで調べたこともある。そして性的虐待を受けた子どもはそのあとの人格や性生活への影響が大きいことを知り、青ざめた。

もしや、このきりのない発情は、ＰＴＳＤかなにかだろうか。それとも――薬物で壊れていたとはいえ、性衝動の激しかった父の、遺伝なのか。

急速に心臓がざわわして、不安神経症の兆しに基はあわてた。だいぶ落ちついてはいるけれども、ときおりには理由もない恐怖感が襲ってきて、心拍数が乱れてしまうのだ。

大抵は水を飲めばおさまるので、医者曰《いわ》く「あれだけのことがあった」割には比較的軽度であるらしい。

（落ちつけ、落ちつけ……）

震える手で缶を握りしめ、苦みのある炭酸をごくごくと喉を鳴らして飲んだ。刺激に喉がぴりっと痛む。胃の奥を冷たくするような不安はそれによって去ったけれども、安堵の息をついた瞬間、今度はかあっと一気に内臓が熱くなった。

「――……っ⁉」

どかん、となにかが身体のなかで爆発したようだった。身体中が膨張したかのように肌が痺れ、熱くてたまらない。

（なんだろ……喉が、急に）

びりびりとした渇きを覚えて、基はさらにビールへと口をつけた。ひと缶飲みきってもまだ渇いて、なんだか苦しい。どうしたことだろうと思っていれば、ふたり分のシチュー皿を手盆で抱えたマサルが戻ってくる。

「あれ、もう飲んじゃった？」

「あ、うん、……なんか、喉渇いてて」

「なんだ、けっこういける口じゃん！　じゃんじゃんいっちゃえよ」

顔が火照って、どこか意識が遠かった。そのくせに、ごくふつうに受け答えをしている自分がいて、基はふしぎな気分になる。差しだされたシチュー皿を受けとる所作も危なげなく、マサルは基の酔いにまったく気づいていなかった。

「シチュー、煮えてる？」

「ばっちりばっちり、今回もうめーよ」

シチューを口に運んでみたけれど、塩の味がかすかにする程度で、基にはよくわからない。ただとにかく喉が渇いて、ビールに口をつけ、飲めば飲むほどに渇いていく悪循環。

（あ、なんか……ふわふわしてきた）

ソファに腰掛けているはずなのに、尻のしたには雲が浮いているかのような感じがする。気持ちよくて、くらくらとして、所作が次第にゆっくりとしはじめた。

「なあ、こんなに飲んじゃったら那智さんにばれないのかな」

すこしだけ残っていた理性で、ばれたら怒られるのでは、とマサルへ問いかけた。しかし彼はあっさりと手を振ってみせる。

「へーきへーき、あのひときょうも遅いってさ。なんかいまかかってる案件が広域事件だとかで、関係者があっちゃこっちゃにいてさあ。きょうは富山いくとかいってたし」

「ふーん、そっか」

まだ忙しいんだ、と思ったけれど、いつものような哀しい寂しさを覚えない。

ぼんやりと、これがアルコールの効能かなあなどと思って、酒で憂さを晴らすというのは本当なのだと基は感心した。

「じゃあ、あとで補充しとけばいいよね。飲もう！」

「おー、そう来なくっちゃ！」

調子づいたマサルは冷蔵庫からごっそりとビールをだしてきて、基はどんどん勧められた。ひとつ、ふたつと缶を開けていくたび、身体から脳が離れていくような感覚を味わった。

はじめて味わう酩酊《めいてい》は、基には天国のようにも感じられた。

（なんだろ、すっごくふわふわする。多幸感って、こういうの？）

鈍く重苦しい感情をすべてどこかに放り投げたような開放感、こんな自由な気分でいるのはもう、物心ついてからずっと知らない——。

（いや、知ってる。俺は、これ、知ってる）

そう思った瞬間、ふっとなにかがわかった基は「ははは」と声をあげて笑った。いきなりのそれに、隣のマサルがぎょっと目をまるくする。

「ど、どうしたもっくん」

「いや、あー……そっか。わかったわかった。あはははは」

内心のつぶやきがそのまま口にでていることも、それに対してマサルが顔をあげたのにも気づかないまま、基は赤らんだ目を宙に向ける。

「酔っぱらうって、あれだ。あれに似てる、うん」

「も、もっくん、ひょっとして……べろべろ？」

「いや、べろべろじゃないよ。ふつう」

ふだんの基ではありえないほどにっこり微笑むと、マサルはようやく、思っていた以上に基が酔っぱらっていることに気づいたようだった。おろおろする彼の顔がおかしくて、基は「あははは」と笑う。

「マサルくん、なに変な顔してんだよ」

「変って、変なのはそっち……おわ！　な、なにしてんのもっくん！」

ぷちぷちと濃紺のシャツのボタンを四つ開けながら、基は「なにって？」と首をかしげた。

「暑いから脱ぐだけだよ。常識だろ」

「常識って、ちょっとちょっとちょっと」

指が腰のあたりにいったあたりで、基はむしろ熱っぽいのは下半身だと気づく。シャツのまえを全開にした状態でチノパンツを蹴り脱ぐと、勢いあまって壁のほうまで飛んでいった。

「あははははは、飛んだ飛んだ」

もはやなにがおかしいのかもわからないままけらけらと笑っていると、茫然《ぼうぜん》としていたマサルが床に転がったビール缶をあらためて数えはじめた。二桁未満ではあったけれども、けっこうな量の空《あ》き缶に青ざめる。

「ちょっ……うそだろ、いつの間にこんな飲んだんだよ」

「さーあ？」

間延びした声で首を振った基は、そのままべたりとテーブルに突っ伏した。頬にふれた木目の冷たさが心地よい。身体のコントロールがまるできかず、べたりとつぶれていると、マサルはひどく焦った声をだした。

「やべえ。顔にでないタイプかよ、まいったな」

「……でる？　ああ、そうそう。そうだ」

うろたえている彼の語尾が、記憶を引っ掻いた。基がむくりと俊敏に起きあがると、マサルがびくっとする。表情はほとんど変わらないまま、淡々と基は言う。

「だから、似てるよね」

「似てるってなにが……って、もっくん。もうやめとこ？　な？」

またもやビールを手にとった基にマサルは困り果てた顔をする。無視して、またごぶごぶと飲んだ基は、ぼんやりとつぶやいた。

「酔っぱらったときの感覚。あれだよあれ、あれに似てる」

「うんうん、あれってなに？」

なだめるような声をだしながら、マサルはそっと基の手から缶をとりあげる。もう理性と思考が分離しきった基は、口調も表情も平静なまま言い放った。

「Cum shot」

「へっ？」

「射精のこと。スラングだけど、知らない？　むかし聴いた曲の歌詞にあって、意味わかんなくて調べたんだよな」

「しゃ、……しゃ？」

にやりと笑って目を細めた基に、アルコールに強いはずのマサルはものすごい勢いで赤くなった。胸元を大きく開けてシャツを羽織り、酒に染まった素足をさらした基をまえに、マサルは途方にくれたようにつぶやいた。

「やべーって、もっくん……」

見知った友人のはずの少年が、急激におそろしく蠱惑的《こわくてき》な生き物へ変化してしまい、驚愕《きょうがく》と混乱を覚えたマサルのショックは、言葉では言い表せるものではなかったようだ。

「あー、こんなんじゃ、狙われもするわ。やべえよ。つうかやべえと思った俺がやべえよ」

「なに言ってんの、マサルくん。俺の言ったこと、わかんなかった？　似てないかな」

「いや、あー、なんつったらいいんだこれ」

なんだかむしろ哀しげにさえつぶやくマサルの声には気づかないまま、言葉がまずくて伝わらないのだと感じた基はなおも言い募る。

「だからさ、酔うとふわっふわすんじゃん。それってイったあとの感じにそっく」

「あーあーあー！　そこでストップ！」

すくない性知識を総動員して伝えようとしたが、叫んだマサルが両手で口をふさいできて、果たせない。なんなんだ、と目をまるくすると、汗だくの友人がまくしたてた。

「ごめん、もっくん、俺が悪かった！　それは言わないでいいからっ」

基は不満げにもがき、どうにか大きなてのひらをはずすと「なんで」と問いかけた。

「なんでじゃなくって、あー、えー、そういうのは言っちゃだめっつーか」

ちからのはいらない首をこくんと倒し、基は「……だめ？」とつぶやく。

「なんでも言ってくれって言ったのに、だめなのか」

「いや、あー、それとこれとは違うっつうか、えーっと。ひ、ひとまえでは言うのやめとこ」

マサルがとどめたのは、やはり性的なことに関連する言葉だった。

「そうか、やっぱり、だめなのか」

すこん、とはしごをはずされた気分だった。はじめてのアルコールにおそろしく短絡的になった基は、さきほどまでの浮かれた気分が急速にしぼみ、情けなく哀しい気持ちになるのを感じる。

「だめだな、俺……」

「ええっ、うそ、泣き上戸!?」

ぶわ、と基の目に盛りあがったそれは、那智以外の誰も知ることのないはずの涙だった。

(俺、なんで泣いてんだろ)

脳の奥で、遠くなった理性的な基がつぶやくけれども、ひとつぶ、またひとつぶと落ちる涙は止まらず、口が勝手に言葉を吐きだしてしまう。

「やっぱり、俺、おかしいんだな」

「もっくん、なんだよ。なにがあった? 言ってること、とっちらかりすぎだ」

様子のおかしな基にどぎまぎと焦っていたマサルが表情をあらためる。「落ちつけよ」と肩を叩かれても涙が止まらなくて、基はひきつったような呼吸を漏らした。

「ゆっくりでいいから、話してみろよ。ちゃんと聞くからさ」

さきほどまでのふざけた声ではなく、真摯《しんし》に落ちついたそれでうながされ、ほろほろと涙を落とす基はかぶりを振った。

「言ったらだめなことなんだって、マサルくんが言った」

「あー、違う違う、さっきのは違うから」

まるっきり子どものようにいやいやとすれば、根気強く震える背中をさすってくれた。

「俺、もっくんがおかしいなんて、思ってねえし。話、途中で止めて悪かったよ」

赤らんだ目で「本当か」と見あげれば、マサルは兄のような目でしっかりとうなずき、そっと声をやわらげて問いかけてきた。

「もう、ぶちまけちまえよ。那智さんとなにかあったんだろ？」

その名前に、ぴたりと基の涙は止まる。そうして、痛みをこらえる目をマサルに向ければ、彼は黙ってまたうなずいてくれた。

幾度か深呼吸をしたのち、基はうなだれた。

「那智さんとは、なんにもない」

「もっくん」

はぐらかすなと、マサルはすこしきつい声になる。違う、と基は首を振った。

「なんにも、してくれないんだ」

「え？」

一瞬、マサルは意味がわからないようだった。しばらく首をかしげ、ややあって目を瞠《みは》った彼は、ああ、と困ったように笑った。

「そゆことか。なんだ」

「なんだ、って」

ぽんぽんと頭をたたいたマサルは「要はかまってもらえてないんだろ」と言った。

「しょうがないじゃん、あのひといま、忙しいんだし。そっかそっか、そんで寂しくなってたんか。心配して損した。もっくんもかわいいもんじゃん」

「違っ……！」

あっさりと受け流され、そういうことじゃない、と基はもどかしく手のひらを開閉する。

「そうじゃなくって……おれ、俺が、変だから。変なんだ。だから、だめなんだ」

「あん？」

ふだん冷静な基の、駄々っ子のような仕種がめずらしかったのだろう。すっかり兄貴モードで慈しむ表情になっていたマサルは、基の痛々しい声に戸惑ったようだった。

「那智さんは、全然、そういうのなくって、平気みたいなんだ」

「ああ。だってさあ、あっちはほれ、大人だし」

「でも俺は平気じゃない。どうかしてるんだ。おかしいんだ」

「おかしいって、なにがよ」

もう、恥ずかしいとか、相手の迷惑とか、そんなこともなにも考えられないまま、基はどう言えばあの焦燥感が伝わるだろうと言葉を探す。

「毎日したくなる。ものすごく、したくなる」

「そ、そりゃ、まだ若いんだし、ふつうに——」

なだめようとするマサルの声を遮って、基はなおも続けた。

「頭おかしいんじゃないかってくらい、したくなる。毎晩変な夢見るし、夢精してもすぐ、熱くなるんだ。……那智さんに抱かれたくてしょうがない」

「もっくん」

「自分でしても全然だめだし、きりがないし。この間なんて、那智さんがふたりでてきてめちゃくちゃにされる夢まで見た。ほんと、どうかしてる。あのひとはぜんぜん、そんな気もないし、俺がこんなになってるのなんか迷惑な話かもしれないし」

よくあるエロ話かと受け流していたマサルの顔がこわばる。気づかないまま、基は一気にまくしたてた。

「俺オナニーなんかしたことなかった。勃起するのもいやだった。でも、那智さんとしたくてたまらない。身体がどうかなってるんだと思う。こんなにセックスのことばっかり考えたことない。こんなの変だ。自分が、ものすごく気持ち悪い！」

息を切らして言い放ったあと、基はまたこみあげてきた涙を必死にこらえる。

ぶるり、と身体が震えて、急な寒さを感じた。薄着のせいで冷やされた肌から急速に酔いが引いていく。

「……なに言ってんだ、俺。ごめん。ほんとにごめん」

自分が口走ってしまった言葉の恥ずかしさに、基はざあっと青ざめた。

なんてばかなことをと後悔しても、口にした言葉は取り返しがつかない。

こんなはしたない自分を告白して、マサルはなにを思うだろうか。もう顔をあげることさえできないでいた基は、「ふうん」と鼻を鳴らしたマサルの声の軽さに、ひどく驚いた。

「あのな、もっくんはまじめだから考えすぎてるけど、それ、全然、変じゃねえから」

「え……」

へたな慰めだったら聞けはしなかっただろう。けれども、マサルの告げるそれは、基の考えもつかないことだった。

「もっくんはさ、あれだろ、那智さん、はじめてだったんだろ?」

「え、……うん」

「んじゃ、しょーがねえんじゃねえの? そればっかになっても。俺も童貞捨てたころ、頭ンなか、サル状態のときもあったしさ。若い男なんかみんな、そうじゃね?」

「み、みんな?」

「毎日マスかくのなんか、十七くらいだったら、あたりまえの話だろ」

「……あたりまえ」

あっけらかんとしたマサルの言葉を、基はぼんやりと繰り返す。本当に、『ふつうは』そんなものなのだろうか。

「そっかあ、猥談とかもしたことなさそうだもんなあ」

マサルの言うとおり、基は世間一般の同年代男子と、そういう性的な話をしたことがいちどもないのだ。どころか性的なことに対する拒否感がすさまじかったせいで、まったく知識がないと言ってもいいくらいだった。

「ふつう……なのか？」

「まあそりゃ個人差はあるだろうけど、大抵そんなもんだ。つうか、すくなくとも俺とか俺のダチが中学のころは、もうほんと、サルだった」

なにかを思いだしたように、マサルが笑った。

「俺も経験あるけどさ。知らなきゃ我慢できても、知ったら我慢できねえんだよ。カノジョとかカレシとかいてエッチもOKな状態なのに、なかなかできないときって、よけいクるんじゃねえの」

「そういうもんなのか？」

「そういうもんよ？」

自分のあの状態がひどく異様に思えていたけれども、それは単に皆隠しているだけのことなのだろうか。だとすれば、基があある思い悩んでいたのは、なんだったのだろう。

「……俺、もしかして、ばかみたいなことで悩んだのか」

「そうかもね」

おずおず問いかければ、マサルはけろりと切り返す。恥ずかしい、と頭を抱えた基へ、そうして彼は笑いかけた。

「酒のせいってことにしてやっからさ」

「ごめん。そうして」

耳まで赤くなった基は、さきほど冷めたはずのアルコールがまた身体を重くするのを知った。急激にまぶたが重くなり、まっすぐ座っているのがむずかしくなる。

（そうか、おかしくないのか。みんな、そうなのか）

べつにあれは、変なことではないのだ。モノ知らずな自分にはいささか複雑になりつつも、マサルのけろりとした声に、基はたしかに開放感さえ感じた。

だが、問題の根底はそこではない。

「じゃあ……いつか、俺、那智さん以外のひとと、できるようになるかな」

「はぁ!?」

ぼんやりと色のない声でつぶやいた基に、マサルが愕然とした。

「ちょ、なんでほかのやつと？」

「だってもう、那智さんは俺としないと思うから」

「いや、だって忙しいだけだっつったじゃん、それは」

「それは、どうかな？　避けられてるのは、間違いないと思うんだ」

こんなに持てあますくらいなら、ほかの誰かを受けいれないといけないのかもしれない。

焦点のあわない目で、主が不在になってひさしい那智の自室を見つめた。

「俺がいるせいで、那智さん、帰ってこられないんじゃないかな。だったら出ていくことも、考えないとまずくないかな」

「待て、待てまて。飛びすぎ、もっくん。那智さんがいま忙しいのはガチで仕事のせいだし、そのせいで帰ってこないことと、もっくんがここにいることは関係ねえから」

「……そうかな。俺、きらわれてないのかな」

途方に暮れた子どものような声でつぶやき、マサルをじっと見つめる。真摯なまなざしが視線を受けとめ、しっかりうなずいてくれた。

「俺が保証する」

「そうか。マサルくんが言うなら、嘘じゃないか」

ほ、と息をついてうなずき返すと、マサルが「そうそう」と笑った。

「うん、じゃあ、マサルくんを信じる」

なぐさめだとしても、友情はありがたい。

安心したとたん、基は急に眠くなる。ずるずるとソファのうえで身を埋《うず》める。

「おーい、眠いのか？」

マサルが声をかけてきた。ぼんやりしながら「なんか、急に」と声だけははっきり返す。

しかしもう、ほとんどまぶたが開かない。

「だいぶ飲んだからな。ああ、ベッドあっちにあるから、那智さんの借りちゃえよ」

ほら、と指さされたさきには、このところ掃除のしがいがないほどに散らからない、つまりは那智が眠ることのない、寝室がある。

「……使っていいかな」

「いーっていーって、どうせきょうも帰ってくるか怪しいし」

そそのかされるまま、基はふらふらと立ちあがった。

限界まで眠くて、那智のベッドを勝手に使うことの申し訳なさもなにも感じられないまま、広いそこへと近づき、上掛けもはぐらないまま倒れこんだ。

その瞬間、ふわりと鼻先に漂う那智の香り。深い安堵だけを胸に、基は眠りについた。

＊　＊　＊

シャツ一枚で寝室に向かう基を見送って、マサルは深々と息を吐いた。

「あー……もう」

うめいて、基のまえでは我慢し続けていた煙草《たばこ》に火をつけた彼は、すさまじい勢いで煙を吐きだした。横顔は険しく、さきほどまで基に向けていた気安い笑みはない。

立て続けに二本の煙草を吸い終わると、マサルは携帯電話を取りだした。短縮を押すと、ディスプレイには【村瀬】の文字が浮かびあがり、コール音ふたつで回線がつながった。

『おう、どうなった』

「飲みすぎてもっくん撃沈。つーか俺やっぱ、こういうの向いてねえわ。疲れた」

挨拶もないまま、げんなりと言ったマサルに、村瀬は『で、理由は?』と問う。

「やっぱ那智さん絡み。ま、それ以外だったらやべえけど」

言いながら、マサルはわしわしと頭を掻きむしる。

「ひとりで抱えこんでっからさ、またなんかやべえやつらとかいたらまずいと思ったけど」

『その心配はないんだな?』

「うん。まあ予備校では勉強しかしてねえみたいだし、友だちって友だちが作れる環境でもねえんだろうけどさ」

きょうの酒盛りは、思いつきでなく計画的な行動だった。なにも考えないふりで基の気をゆるめ、どうにか聞きだせないかとマサルをそそのかしたのはこの藪《やぶ》医者だ。

——口を割らないようならいっそ、酒でも飲ませてみんのはどうだよ?

言われたときには、それもありか、などと軽い気持ちでいたのだが、いきなり泣きだしてしまった基の発言を思うに、やりすぎたのではないかという後悔が声ににじむ。

「この展開はちょっと予想外。っつか、聞いてよかったんかな、あれ」

結果的にだましてしまった友人への罪悪感から、マサルはちからなく肩を落とした。

『おまえも知りたがったんだろうが』

「そうだけどさ、プライベートに突っこみすぎた感があって、ちょう気まずい」

『なんだ、えらいデリケートだな』

村瀬は笑うが、マサルはむっつりとしてしまう。

基がなにか悩んでいるらしいと気づいたのは、最も接触する時間の多いマサルだった。いまは眠りに就いた友人は、見た目だけはほっそりと儚《はかな》げに見えるけれども、容姿のあまさからは想像できないほどに意志が強くかたくなだ。

それは孤独だったがゆえに持つ、特殊な強さだ。ぎりぎりになるまで口を割らない基の秘密主義は、寄る辺ないまま追いつめられてきた生きざまのせいだろう。

信用する、しない以前に基本的に他人に頼るという思考そのものが、基には存在しない。またそれほどに、信用できる誰をも得られなかった基を、マサルは哀れにも思った。那智と出会う以前の自分と同じにおいを感じて、たまらなかった。

ひところよりはそれでも、だいぶ基も落ちついたようだった。

那智という、絶対の庇護者であり、また愛情というものを見失いそうだった彼が渇望した、強い想いを傾けてくれる恋人を得たことで、これからの彼はきっと、やわらかく花開くように成長するのだろうと、マサルは感じていた。

彼らが結ばれた直後あたりは、本当にふたりとも穏やかで、見ていてほっとしたものだったのだが――。

「っつか、もとはと言えば、センセのせいじゃん。那智さんに、もっくんとエッチすんなとか言うから」

『おまえだって言ったろうが』

「俺は、ちょっと身体のこと考えろっつっただけで、全然すんなとか言ってねえし」

基が性的なことに関しての恐怖心や拒否を感じることについて、あの事件に関わった人間たちはほぼ把握している。実父や同級生らに虐待されていた状況的にも当然な話だったし、念のため、定期的に受けさせているカウンセリングでも、その傾向は見受けられたそうだ。

『もともとまっさらの状態なんだよ、基は。それで刺激が強いことすりゃあ、メンタルが乱れる可能性もある。それなりに気をつけないと、危険なんだ』

性的暴力を受けた被害者は、そのトラウマによって性的なものをいっさい受けつけなくなる場合や、その逆に病的な不安感から異常にセックスを求めるパターンもある。

そんなことを吹きこまれてしまえば、保護者として誰よりも基を案じる那智が、基に手だしをするわけがない。

事実、村瀬があれこれと説教をしたのちの那智の様子は、なにかを思い悩んでいる気配があった。彼がいままで以上に仕事にのめりこんだのはそれからで、因果関係を推理するまでもない。

「分析がどーだこーだ、わかんねえよ。けど、いいじゃん、好きならやったって」

『あのなあ、マサル。基があんな目にあってから、数カ月しか経ってないんだぞ。那智に聞いたが、基があいつを好きだと認めるだけでも本人的にはかなりの葛藤《かっとう》があったんだ』

村瀬らの言い分では、たしかに同性の恋人であろうと、基にひとを恋うる気持ちが生まれたのは喜ばしいことだという。しかし、やはりまだ性的な経験を、しかもあまり濃度の高いものをこなすには、傷が癒えていないのではないかと、彼らは案じたのだ。

『ゆっくりのペースにするべきだし、吊り橋効果って可能性もないわけじゃない。様子見しながら、ケアしていかなきゃまずいんだよ』

乱暴なことを言うなとたしなめられ、マサルは反論した。

「だからケアってなんだっちゅーの。寂しくてエッチに逃げるとか、よくあんだろ。俺だってしたよ。けど、じゃあ俺、おかしいかよ」

『いや、だからな……基の場合、おまえと違って』

「同じだろ。もっくんだって全然ふつうだろ」

理屈はわかる。きっと自分などより、ずっとむずかしいことをたくさん知っている大人たちには、マサルには見えないなにかが見えているのかもしれない。

けれども、なにか、どこか、ややこしい言葉で語られた基の現状やそのほかの『対処』というものは、ずれているように思えて、マサルは歯がゆくてしかたない。

「ふつうに、惚《ほ》れた相手いて一緒に住んでんのに、顔も見られない、なんもできないって、そんなんゴーモンじゃねえかよ」

十代のはじめから荒くれた生活を送っていたマサルにとって、基のようなおとなしい優等生タイプは、いままでに縁のなかった人種だ。美少女めいた面差《おもざ》しにきゃしゃな身体は、うっかりふれれば壊れてしまいそうで、それがすこし怖くも感じていた。

けれど、そうして基を壊れ物のように扱うことが、本当にいいことなのだろうか。

本当にそこまで、基は弱い生き物だろうか。違うだろう、とマサルは吠える。

「もっくんがためこんで無茶するやつなのは知ってる。気をつけてやれってのも理解はできる。けど、胃に穴あけて血ぃ吐いたあと、那智さん助けろって島田に発破かけたの誰だよ？　あんだけ無茶な目にあったって、ひとりでなんとかしようってするやつじゃん」

たしかに基は思いつめるとなにをするかわからない。自分ひとりを破壊するため、実弾発射の可能な改造拳銃をせっせと作りあげていたと聞いたときにはぞっとした。

けれどそれらは、与えられる暴力から身を護ろうと――たとえその果てが、自分の死という幕引きであっても——したものだ。

そんな基を、気遣うことでスポイルするのは、マサルにはどうしても納得がいかない。

「もっくん、那智さんともう別れたみたいに思ってんぞ」

『……まじでか』

「まじでか、じゃねえよ。だいたい那智さんだって、ぶっちゃけそんなに器用なひとじゃねえだろが」

泣きだした基のひたむきな目を思いだす。あんな目で四六時中好きだと訴えられては、ソフトに距離をとるもなにもない。避ける以外、方法が見つからないのはわかるが、ばかばかしいとマサルは吐き捨てた。

「セクハラとか虐待と、惚れた相手と寝るのはまったく意味違うだろ。ガキだからって、そこまでなにもわかんねえわけじゃねえし。もっくんはきっと、あんたらが思う以上にわかってるし、あんたらが思う以上に、那智さんのことが好きなんだ」

『マサル……』

村瀬に食ってかかりながら、このもどかしさには覚えがあるとマサルは思いだしていた。

——やばいのは間違いねえだろ。助けたいんだよ。助けてやってくれよ！

——基が、助けてくれと言えば、助ける。

まだあの少年と出会っていくらも経たないころ、助けてやれないのかと那智に言った際、保護をするにはむずかしいという法的な理由を並べられた。

弁護士という立場上、そう言うしかなかった那智のことは理解できる。けれど、ぼろぼろになって傷ついている基を放っておくのはおかしいと、マサルは食ってかかった。

あのときと同じだ。さきを見越して目のまえの痛みを無視するような状況は、マサルには納得がいかない。

「とにかくなんか変だ。こんなの変だ！」

言葉にならない違和感を覚えたマサルががりがりと頭を掻きむしっていれば、ふいに背後でドアの開く音がした。ぎくっと身をすくめたマサルが「つげ……」とちいさく漏らす。

『どうした』と問う村瀬に、小声で伝えた。

「やばい。那智さん帰ってきた」

『きょうは富山じゃなかったのか⁉』

「そのはずだけど、ほかにここんちはいってくる人間いねえだろ！」

今回の計画にアルコールを持ちこむにあたり、那智の不在を狙ったのは、あの頭のかたい弁護士が賛成するはずもないからだ。またプライベートにここまでくちばしを突っこまれる状況を、那智が許すわけがない。

『しょうがねえな、あとはなんとかしろ。じゃあな』

「あっちょっ……てめ、ちっきしょきったねえ……！」

怒る那智のおそろしさを想像しただけで肝が冷えたのか、村瀬はさっさと通話を切った。残されたマサルは卑怯者と内心で悪態をつきつつ、この場に残った自分の不運を呪った。

「マサルか。なにやってる」

通話を切ってほどなく、リビングのソファで縮こまっているマサルのもとへ、那智が顔をだした。だらだらと冷や汗をかきつつ、マサルは愛想笑いを浮かべる。

「お……おかえりなさい。出張はどうしたんすか」

「相手の都合が悪くなって、取りやめだ」

那智の声が、地を這《は》っている。端整な顔は疲労とストレスにこわばり、能面のような無表情になっている。マサルは血の気《け》が引くのを感じた。

(やっべえな、これ)

様子をうかがっていると、那智は眇《すが》めた目でテーブルのうえの酒宴のあとを見おろし、ため息をついた。

「酒くさいと思ったら……おまえ、こんなに飲んだのか？」

「えーっと……」

「ひとりで飲める量じゃないな。誰かきたのか」

基が飲んだという発想がまったくないあたり、少年の品行方正ぶりがうかがえる。マサルはこっそり苦笑した。

「まあいい、あとで片づけろ」

「ういす」

ひとこと言うにも剣呑な彼に肩をすくめながらマサルはうなずいた。

那智の全身から噴きだすオーラは、不機嫌などという、なまやさしいものではなく、向けられるほうはたまったものではない。身勝手なクライアントと相当揉めたに違いないが、じっさいの要因は仕事ではないだろう。

那智が多忙なのは事実だが、それにかこつけて、あえて碁を避けるようにしているせいだ。そして相愛の恋人同士がフィジカルにふれあえない状態が、どれだけつらく虚《むな》しいものであるのかは、さきほど村瀬に力説したとおりだ。

(どっちにとっても、いいことじゃねえじゃん。那智さんもやせ我慢しすぎだし)

ゆるくかぶりを振っていれば、ネクタイをゆるめた那智がため息をついた。

一触即発の空気には顎を引きつつも、彼らしからぬいらだった気配に、マサルはすこしばかり不思議な気持ちになっていた。

碁が現れる以前、マサルは那智のこんな表情を見たことはなかった。いつでも冷静で、どこか人間味を欠くほどに落ちついていて、およそ動じる彼というものを知らずにいた。

それなりにベッドをあたためる相手はいたようだが、心の裡《うち》に踏みこませた者は誰もいなかっただろう。

いらいらする那智の態度は意外でもあるし、らしくないとも思う。けれど、いままでの那智よりも、いまの彼のほうがずっと、マサルにとっては好ましく思えた。

「那智さん、ちょっといいすかね」

「なんだ。疲れてるから、話なら明日にしてくれ。もう寝たい」

「いや……お疲れのとこアレなんすけど、たぶん、寝れないと思うんですけど」

なかば腰が引けつつマサルがぼそぼそと言えば、那智はじろりと視線を寄越す。

「どういう意味だ、それは」

射殺されそうなそれに冷や汗がでたが、ここで引いてはいかん、とマサルは踏ん張った。そもそも今回の事態は、那智が過剰に気をまわしたせいでもあるのだ。これも彼の自業自得なのだから、と心に言い聞かせた。

「えーっと。ベッド、見てきてください」

「なんでだ？」

「見ればわかるっす」

顎を引きつつ告げれば、眉をひそめた那智はその長い脚で寝室へと向かった。

なんなんだ、と億劫そうにつぶやきつつも、拾って雇った相手の言うことを聞いてくれるあたり、那智もひとがいいなと思いつつマサルもうしろをついていく。

「いったい、なにがあるって言う――」

寝室のドアを開けた那智は、一瞬押し黙ったあとに、黙ってドアを閉じた。ちらりと覗いた寝室のなか、広いベッドに転がった基はシャツ一枚のしどけない寝姿だった。廊下からのあかりで照らされた薄暗い部屋に、彼の長く白い脚がなまめかしく浮かんでいた。

那智の手のひらはこわばり、握りしめたドアノブをみしみしと軋《きし》ませている。

「マサル、あれはなんだ」

「いやあのすんません！」

うめく那智の形相《ぎょうそう》は、すさまじいものがあった。叱責を受けるまえにとマサルはとっさに謝罪をしたが、それがさらなる誤解を招いたようだった。表情を変えないまま青灰色の目に見据えられ、マサルはぐびりと息を呑んだ。

「なんで基があんな格好をしてる。おまえ、まさか」

「あ、違います。ないっす、それはないっす！」

ぶんぶんと首も手のひらも振って否定したマサルは、長い脚で迫ってくる那智の怒りのオーラに怯《おび》え、反射的にソファのうしろに身を隠した。

「じゃあなんで謝る」

「いや俺、うっかり酒飲ませちゃったんで！　そしたらもっくん暑い暑いって服脱いだんです、俺なんにもしてないっす、まじっす！」

「なにもしてなくないだろう。未成年に酒を飲ませるなんて、なにを考えてる」

那智の青い目が燃えあがっている。目で殺される、と感じるほどに激しい視線を受け止めきれず、マサルは顔を逸《そ》らした。

なんで俺がこんな目に。内心では悲鳴をあげながら、いまこの場にいない村瀬を呪い、無防備にエロティックな格好で眠りこんでしまった基をほんのすこし恨んだ。

だがじつのところ、マサルにとって想定内の事態でもあった。基を那智の部屋で眠るようそのかした瞬間から、据え膳だと考えていたのは否めない。

基の脚を見た瞬間から、那智はじりじりとした焦燥を広い肩に纏《まと》わせている。思い悩んだ末の禁欲に限界を覚えているのは大人の男も同じだと知れて、マサルはにんまり笑った。

「なにを笑ってるんだ」

「……那智さんも、あほな我慢しなきゃいいのにと思いまして」

那智はぐっと口をむすんで顔をしかめた。マサルはやれやれとため息をつく。

ふたりしてぐつぐつと煮えきった顔をさらされて、自分が無用に気を遣うのもいやだったのも本心だし、基のあんな哀しげな表情や涙を見たくないのも本音だ。

「酒飲ませたのは謝ります。でも那智さんも、まずいと思いますけど」

「俺がなんだ」

ゆらり、とその長い脚を踏みだした那智は、いまにもこの首を締めあげに来そうだった。

冷や汗を流しつつ、マサルは踏ん張る。

「センセになに言われたか、俺知ってっけど。でも、泣くまではっぽっといちゃ可哀想だ」

「泣いた……？」

ぴたりと動きの止まった那智にほっとしつつ、それでもソファの背もたれにしがみついたまま、マサルは言葉を続けた。

「寂しいって、泣いちゃってたっすよ……酔っぱらって」

ぴくりと那智は眉を吊りあげた。しかし、続くマサルの言葉に、その愁眉は開かれる。

「自分でもなに言ってっかよくわかんないみたいだったっすけど、那智さんに抱かれたいって。けど、なんにもないし、そんなふうに考える自分は変なんだって」

しゃくりあげていた基の目には、きっとマサルの姿など、映ってはいなかったのだ。

無言で黙りこんでいる那智に、マサルはおずおずとソファから顔をだした。

「ぶっちゃけ、相当たまってるんだと思います。あと、これは話聞いて、俺が勝手に思ったんだけど」

「……なんだ」

「もっくん、勃起すんのもオナニーすんのもやだけど、那智さんとはしたいっつってた。村瀬センセは、もっくんがエロ系の話、だめだっていうけどさ。那智さんにされるのは、まったく抵抗ないっつーか、飢えてる感じ、した」

おそらく、那智は基にとってすべての免罪符なのだ。

性的なことや恋愛、ひととしての情。どろどろしたすべてを、那智というフィルターをとおして濾過《ろか》すれば受けいれられる。

じっと見つめていた那智は、深々とため息をついてソファに腰をおろした。テーブルに放置されていた飲みかけのビールを長い指で持ちあげ、ぬるい中身を一気に飲み干す。

「……まずい」

「そりゃそうでしょ」

反応がよくわからないまま、マサルは彼と対峙《たいじ》すべく正面へまわった。那智は背もたれに身体をあずけ、長い睫毛《まつげ》を閉じている。

「だから、まずいかと思ったんだ」

「え？」

「基は俺を買いかぶりすぎる。ぜんぶあずけてかまわないと思ってる。それが依存になったらよくないと、村瀬に言われた」

「そんなん……」

またあの藪医者が、よけいなことを。マサルは顔をしかめる。

「俺が言うことじゃないっすけど……やってやんないと、逆にあれ壊れんじゃねえの。つか、いまの時点で相当やばいすよ」

「やばいって、なにがだ」

「性欲おさまらないし、那智さんはもうやんねえだろうから、ほかの男とやること考えたほうがいいとか言ってた」

ぎょっとしたように那智が目を剝《む》く。すこしは焦れと、マサルは腹立たしく思った。

「俺、あほだから理屈はわかんねえっすけど。うっちゃらかして、見捨てられたって思いこませるのって、ほんとにそれ、もっくんのためになるんすか」

「……そこまで、思いつめたか」

基らしい、と那智は静かにつぶやいた。沈黙が続き、マサルがなにか言おうと口を開きかけたところで、ぽつりと彼は言った。

「正直言えば、俺は、基が俺に依存するものならしてもいいと思ってる。あいつが不健全だろうと、べつにかまわないんだ」

「そうなんすか？」

「ああ。ただ、……情けない話だが、そこで俺のほうがぐらついた」

どういうことだと那智を見れば、似合わない自嘲が唇に浮かんでいた。

「あれを閉じこめるのは簡単だ。俺以外見えなくするのも。いま、じっさいにその状況だからな。けど基はまだ若い。これから高校にもはいりなおすし、びっくりするぐらい、世間が広いことも知るだろう」

「もっくんの気が変わるのが、怖いってことすか」

「ちょっと違う」

那智がふっと目を開けた。青灰色の虹彩に浮かんだ静かな激情に、マサルは鳥肌がたつ。

「応えてやれば満足するかと、そう思ってたんだ。最初は。けどそもそも、俺自身がそんなに器用な人間じゃない。やるなら百パーセント、そうでないならかけらも渡せない、そうも伝えた。そして俺は、前者を選択した」

「そのなにが、まずいんですか」

「こっちも百パーセント与えるが、基からも同じものをむしりとりかねない」

語彙《ごい》の豊富な那智が、むしりとる、という物騒な言葉をあえて選んだことが知れた。爛々《らんらん》と輝く目は、マサルが予想していた以上の情念をたたえている。

「基が成長して気が変わるのが怖いんじゃない。そうなっても、俺がいっさい容赦をしないだろうことがわかっているから、しばらくの間は自制しようと思った。ただ、思った以上に自分に歯止めがきかないから、極端に避ける状態になってしまった」

まさかそこまで赤裸々に打ちあけられるとは思わず、マサルは驚いてしまった。

お互いだけをまっすぐ求めすぎているふたりがすこし怖いなとも思う。ほんのわずかにバランスが崩れたら、一気に壊れてしまいそうなほど強い情は、破滅を呼びかねない。

だが、それがなんだと思うのも事実だ。

「いいじゃないすか、もう」

「マサル？」

百パーセントをむしりとりあう、ふたりきりで完結するなら、それはそれでいい。

もとより、基も那智も、マサル自身も、はみだした人間なのだ。自分たちにとって、それが『ふつう』であると——自然なものだと感じられれば、誰がどう言おうとかまわないではないか。

「むずかしいことわかんないっすよ。けど、べつに好き同士なんだから、すりきれるまでサルみてえにやりまくったって、いいんじゃねえっすか？」

できあがって間もないカップルが、セックスに溺れてなにが悪いのだ。やりまくっていればそのうち、飽きるか落ちつくかするはずだ。

「どっちにしろ、歳《とし》食ったらやりたくたってできねえんだから、それまで愉《たの》しめばいいんじゃねえの？　メンタルがどーたらこーたらって、そのあとじゃまずいんすかね」

そう告げると、那智は目を見開いたあと、ため息をついた。

「おまえなあ、言うにことかいて……もうちょっと婉曲な言いまわしはないのか」

「すんませんね、言葉知らねえもんで」

下品なそれにあきれたような声は、マサルのよく知る那智のものだった。ここは畳みかけてしまえとばかり、マサルはうまくない言葉を綴《つづ》った。

「大体やばいっすよ、もっくんみたいの、ほっといちゃ。酔っぱらうと無駄にエロいし……ちっとびびったっすよ、俺」

「知ってる」

誰よりも、あの抗いがたい魅力にとりつかれている男は低くうなって、淡い色の髪をかきあげた。

酒に酔った基の危うさは、正直おそろしいほどだった。実際マサルは同性にはいっさい食指の動かないタチであるし、大事な友人にそんなことを思うほどあさましい人間ではなかったけれども、赤らんで潤んだ目のあの強烈さには、一瞬くらりとさせられた。

「若いのにセックスに溺れたらどーだこーだって村瀬センセは言うけどさ、欲求不満にさせて、あんな色気、外で垂れ流すほうがやばくね？　また、変な連中に目ぇつけられかねないっすよ」

那智は無言だったが、目を伏せたのは同意ということだろう。マサルは「あとはどうにかしてください」と言った。

「ためすぎはよくないっす。もっくんも那智さんもびりびりして、俺がしんどいし」

「ああ……悪かった」

うなずく那智がおおむね平静になったのを見てとり、ほっと息をつく。もうあとは、彼らの問題だ。そう思って「片づけは明日にします」と告げ、マサルは玄関へ向かう。那智もまた立ちあがり、めずらしいことに見送りにでた。

「えーとそんで、助手からひとこと。……明日は休みで？」

「臨時休業だな」

腕を組み、壁にもたれた那智の横をすり抜けて、了解と笑んだ。

もうこれであとは、那智がうまくやるだけだ。自分の出番はここまでと知り、早々にマサルは退場を決めこんだ。

「んじゃ、おやすみなさい」

「ああ、ちょっと、待て」

「はい？　……ってえ！」

安堵にゆるんだまま呼び止められ、なにも思うことなく振り返ったマサルは、次の瞬間頭部を襲った痛みに悲鳴をあげた。

「なにするんすかっ！」

「礼だ」

「礼ってなんすか！」

不意打ちの拳骨《げんこつ》に、驚愕と痛みで涙目になりつつ抗議の声をあげたマサルは、那智の青く冷たいまなざしに凍りつく。

「さっき見たものは忘れろ。いいな？」

なにを、と問うまでもない。乱れたシャツ一枚で生足をさらした恋人の姿を見られたことに対し、彼は非常に怒っている。

「うわ、大人げねえ……」

「うるさい。帰れ」

それは俺のせいじゃない。マサルが不当さを訴えようにも、じろりと睨《ね》めつけられてはどうしようもなかった。痛む頭をさすりつつ、ふて腐れたマサルが「失礼します」と告げたとたん、背中に声がかけられた。

「いろいろ、すまなかったな」

ばつが悪そうな那智に苦笑しつつ、マサルは首を振った。

冷静すぎる雇い主が、基については失敗したりうろたえたり、いろんな顔を見せてくれる。それを知るのは、案外いやな気分ではない。

「ま、仲よくやってください」

にやっと笑ったマサルは、反論がくるまえに急いでドアを閉めた。頭部を痛ませた容赦のない拳《こぶし》には多少理不尽を感じつつ、マサルは笑いながらうめく。

「あー……くそ、いってえ」

少々骨は折れたが、那智と基が落ちついてくれるならよし。——だがこの痛みの憂さは、あの藪医者にぶつけるほかないと、マサルは足取り軽く外へ向かった。

＊　＊　＊

横たわっていた身体が一瞬、ふわん、と揺れる。軽く沈んで、また跳ねあげる上質なスプリングは軋みの音も立てないままで、基は軽く身じろいだ。

「んん……」

なんだか背中がぞくりとした。寒気に手足を縮めた次の瞬間、あたたかいものに包まれる。冷えきっていた身体にそのぬくもりはあまりに心地よく、なにを考えるでもなく顔をすりよせる。鼻先にふわりと漂うのは、冷たくあまいような、煙草のにおいの混ざった香り。

（なんか、いいにおい）

基にとってなによりもかぐわしい、那智の香りだ。はっと気づいて目を開くと、薄暗がりのなかにあのうつくしい顔が見えた。

「那智さん？」

「ああ」

寝ぼけたまま、どうしてここに那智がいるのだろう、と基は考えようとした。けれど思考がまとまるより早く、たしかめるように伸ばした指はすぐに捕らわれ、手のひらにあまく口づけられる。

身体中の感覚がふわふわと頼りない。指をひとつひとつついばむ唇のくすぐったさに、ああそうか、と思った。

（また、いつもの夢だ）

寂しくてたまらない自分が繰り返し見る、あのあさましくも甘美な、夢。

証拠に、基の衣服はぐちゃぐちゃに乱れきっている。着衣のままの那智がその身体のうえにのしかかって、ふだんでは見られないような狂おしい視線で見つめてくれている。

指への口づけをやめた那智が、はだけた衣服から覗いた裸の胸を指の背でゆっくり撫でてくれている。くすぐったさに混じる官能に、肌が震えた。

こんなことは、現実にはきっと起こるはずもない。

だったらべつに、遠慮はいらない。この那智は、どんな自分でも許して、あの激しすぎるような愉悦のなかに基を導いてくれる。

「那智さん、抱いてください」

夢のなかの恋人に両手を伸ばして抱擁をねだる基は、すぐに応えてくれた強い腕のちからに早くも高ぶっていく。

「待ってたんです。……ずっと、待ってたから」

「なにを」

アルコールに飛んでいった理性は、浅い眠りでは戻ってくることはなかった。だからこんなふうに、大胆な言葉も口にできる。

「那智さんが、してくれるのを。すごくほしいです。那智さんがほしい」

正気の沙汰ではない。なんてことをしているんだろうという意識が、遠くのほうで自分を責める。けれど、どうせこれも夢なのだ。なにを言おうがしようが、夢のなかの那智はそういう基をあまくからかうだけで、けっして拒みはしない。

「基……」

「んんん……っ、ん、んっ」

望みどおり、那智の唇が基の赤らんだそれをふさいで痛いくらいに吸いあげてくる。大きな手のひらは剝きだしのままの脚を何度も撫でながら、辿《たど》り着いた小さな尻まで摑《つか》んでいる。薄い肉を揉まれると、声が漏れた。

「んは……あ、ん……っ」

口腔を余すところなく舐められただけで、基のきゃしゃな脚の間はこわばっていた。那智の香りを意識しただけでも、ふれられるまえの幼げな性器は下着のなかで張りつめ、落ちつかない様子で震え続けていた。長い脚を腿《もも》で挟んで、大胆に腰を揺らすと那智がくすりと笑った。

「かたいな。さわってほしいのか」

「はい……」

こくこくとうなずく基の尻を両手で摑んで、ぐっと脚を押しつけられる。揺する動きでうながされ、膝からしたを彼の脚に絡めた基は息を乱しながらこすりつけた。

(気持ちいい。でも、……なんだろ)

すこしばかり、いつもの夢と様子が違うような気はした。夢のなかの那智は意地悪く基を焦らしたりするけれど、いまのように様子をうかがってくるようなことはしなかった。むしろこちらがついていけないほど淫らに追いこんでくるのが常だったのに、口づけ、基が淫らに腰を振るさまを愉しむだけで、一向にそのさきを仕掛けてこない。

「これじゃ、だめ、ですか?」

とろとろと唇を濡らした口づけをほどき、基は問いかけた。

「だめって、なにがだ」

もっとしてくれないのかと告げたつもりだったけれども、苦笑した那智はやさしく肩を撫でるばかりだ。ひさしぶりにふれた、なにかをたしかめるような手つきが不満で、基は、じりじりとした疼きをこらえきれなくなっていく。

「あの、そうじゃなくて」

「ん?」

手のひらで撫でられているだけでも、ひどく感じる。けれども、心地よさよりも焦れったさばかりが募って、広い胸を押し返した。

「もういいから、ここを」

「基？」

頭の芯は、鈍く重い。いやいやと首を振った基は、疼いた身体を鎮めたい一心だった。きっと自分の言葉が足りないのだと思った。夢のなかの那智は、基が自分で求める愛撫を口にしてちゃんと伝えろと、いつもしつこいほどに言っていた。

だから基は、震える指で湿った下着を引きおろし、那智の目のまえで火照りに薄赤く染まった両脚を広げてみせた。

那智が、ひゅっと息を呑んだことにも気づかないまま卑猥な狭間を指で撫でる。

「ここ、してください」

こわばったペニスに指先でふれた瞬間にはびくんと身体が跳ねあがって、苦しくて目を閉じてしまったから、当の那智が驚愕に目を瞠ったことなど基は知らない。

「お願いです、ここ……ここ、那智さんで、こすってください」

ぴんと張りつめた性器のさらに奥、ぬめった赤い粘膜がひくついている。指でたしかめれば、潤んだそこが膨らんで、きゅうきゅうとなにかをほっしていた。

「だめ、ですか？　これじゃ、してくれないですか？」

もうずいぶん恥ずかしい格好を見せていると思うのに、まだだめだろうか。体内から焦げてしまいそうな情欲を持てあまし、足先がもぞもぞとシーツをすべった。

那智は、無言のままだった。ただ何度か喉のつまったような呼気を漏らしたあと、長く深い吐息をする。

「まいったな。いったいどれだけ飲んだんだ」

「なにがですか？」

苦い声に、意味がわからないと基はかぶりを振る。立ちあがったそれからあふれる雫《しずく》は止まらないし、ぬめりを借りた指先は、脚の奥を勝手に暴こうとうごめきだす。

「那智さん、まだ、ですか……っ」

恨みがましく言いながら、指のさきだけを忍ばせて軽く遊ぶと、ぞくぞくと背中が震える。

「基、わかってるのか？　自分が、なにしてるのか」

「わかってます、わかってる」

押し殺したような那智の声が、あきれているようにも聞こえる。ふだんなら臆してしまうその声音がなぜか、基をひどく高ぶらせた。恥ずかしい、いけないことをしている。それでも、自分をこんなふうにしたのは那智のくせにと、基は目を潤ませた。

心だけでなく身体が寂しくなることを教えたのは、彼なのだ。

「指じゃ、だめなんです。……自分で、したけど」

「ん？」

「届かなくって……那智さんじゃないと、よく、ならない……っ」

なかば自虐に酔いしれながら、疼いた場所を指でいじる。開閉を繰り返す膝と細い腿の動きが、相手にどう見えるのかなど基にはまるでわからない。

ただ身体が勝手に動く。それが男の情欲をそそるばかりの仕種とも知らないまま、息を切らして小さな尻を揺すった。

「おねがい、です。いれ、いれてくれれば、それで」

それだけでいい、那智の大きなアレをここいっぱいにしてくれれば、基が勝手に動くから。必死になって訴えたのに、片眉をあげて、那智は吐息した。あきれたようなその声に、だめですか、と基は泣きじゃくる。

「那智さん、お願い。したくないなら、指でも、いいですから……っ」

ひくひくと息を切らして訴えれば、きつく抱きしめられる。それだけでぞわっと身体中が粟立《あわだ》って、基は細い悲鳴をあげた。

「ばかが。酔っぱらいが、なに言ってるんだ、まったく」

「いやだ……しないなら、さわらないでくださいっ」

あやすだけの抱擁ならいらない、ともがけば、もういちど怒ったように「ばか」と言った那智が、きつく耳を噛んだ。

「煽るだけ煽って、いきなりいれろって言うのか。切れたらどうする」

押しつぶされた身体で那智の高ぶりを知って、基はごくりと喉を鳴らした。

「切れない、はいります」

「嘘をつくな」

「嘘じゃないです。毎日、ここ、指でして……きょうも、昼間にしたから」

頬を首筋にすりよせた。深く息を吸うと、那智のにおいがいっぱいに肺を満たしてくれる。かたい腕が自分を痛いくらい抱きしめ、あたたかい身体が包んでくれている。むなしい自慰とは違う。

「こら、基っ」

那智のそれをスラックス越しに握りしめた。熱さとかたさに手のひらが痺れるようで、目眩《めまい》がする。いままでの夢のなかで、これにさわらせてもらう機会はなかった。物欲しげな手つきになるのももう、しかたないと思う。

(本当に、妄想もいいところだ)

自身の貪欲さにあきれながらも、そもそもいまここにいる那智自体が妄想の産物なのだからかまうまいと思った。同時に、夢や妄想とはいえ、自分が崇拝してやまない那智をこんなかたちで貶《おとし》めていることがいやでたまらなくなった。

ふっと基が目を伏せ、那智にふれていた手をぱたりと落とした。

「……俺、ほんと壊れてますね」

「基……」

「ほんとの那智さんはどうせ、俺なんか興味ないのに。なんで俺ばっか、こんな、ほしいのかな。……マサルくんはおかしくないって言ったけど、やっぱおかしいんですね」

うつろに笑うと、那智の顔がこわばった。

「誰が、なにに興味ないんだ」

「那智さんが、俺に。ていうか、俺とセックスすることに」

あきらめきった表情にうなった那智が、なにか言いかけるより早く、基はつぶやく。

「ばかみたいだ。こんな夢ばっかり見て。現実じゃ避けられて、相手にもされてないのに」

もともと、同情だっただけなのに、欲張って、あさましい。うなだれて目を閉じた基の身体を、那智が抱きしめなおす。

「……ほうっておかれたと思ったか。俺がいない間、そんなふうに考えたのか」

「ほかに、どう考えるんです？　自分でも気持ちが悪いのに、那智さんがそうじゃないわけがない」

「いちどは、抱いたのに？」

「だから、いやになったんでしょう」

「そうだな。基ならそう考えるのがあたりまえだった。……俺の失態だ」

後悔のにじんだ声が耳元で聞こえる。おずおずと背中に腕をまわして抱きついても、夢の那智はいやがらない。背中も向けない。

「抱きしめられるの、好きです。安心する」

片恋を抱《いだ》いていた時期、基は那智に応えてもらおうなどと思ったことはなかった。唯一、どうしてほしいと問われて返した言葉は、殺してほしいと、ただそれだけだ。

愛してやると言われて、抱いてももらえた。それ以上を望むのはぜいたくすぎると思うのに、知ってしまった安心と快楽が基をだめにした。

「これだけで、どうして満足できないのかな……」

つぶやくと、那智が腕のちからを強めた。骨が軋むようなそれに驚くと、低い声が「満足できないなら、ほかを探すのか」と問いかけてくる。

「ほかって？」

「マサルに、俺が抱かないなら、よそでどうにかと言ったんだろう」

きょうの夢はやけにリアルだ。さきほど基の放った言葉まで再現している。それとも、マサルと飲んだこと自体が夢だったのだろうか。

「これ以上おかしくなって、那智さんに迷惑かけそうになるなら、そうするかもしれません」

言ったとたん、両肩を摑んだ那智が基の身体を引き剝《は》がす。青ざめ、こわばった顔の那智をじっと見つめて、基は言った。

「俺は、那智さんが望まないことなら、なにもしたくないです」

「基……」

「ほんとはいまも、生きてるのが変だなって思う。でも那智さんが、生きて幸せになってほしいって言ってくれたから、なんとかそうしようと思ってます」

それが撤回されたらなんの未練もないと言いきる基に、那智は言葉をなくしたようだった。肩を摑んだ那智の指が強くなり、ぎしりと痛む。体感までリアルだと基は思った。

「まあ、とは言っても、他人とはできないとは思うけど」

あきらめのため息をつくと「そうなのか」と問われて基はうなずく。

「俺は那智さん以外には反応できないので。たぶん、吐くと思います」

いますこし想像してみただけで、胃がざわりとした。そう言うと、那智はふっと息をつく。

「……そうか。とりあえず、その案は一生考えないでくれ」

「わかりました」

あなたが言うなら、とうなずいた基の唇が、那智の唇に覆われる。吸って、絡んで、舐めあう。ぬるりと混ぜあわされる唾液、他人のものならぞっとするのに、那智のそれはひたすら基にあまく感じられる。

長いキスをほどくと、濡れた唇を那智の指がいじった。やわらかく肉をたわませるそれをちらりと舐めると、端整な指がぴくりと反応する。

「基、なにかしたいこととか、してほしいことがあるなら言いなさい。なんでもいい」

「なんでも？」

しばし、基は考えた。そしてはじめての夜、したいと言って却下されたことを口にする。

「那智さんのが舐めたいです」

「……わかった」

静かな許可と口づけは同時だった。すこし乱暴に舌を含まされ、これからする行為を教えこむような動きだと思う。唇をこすりあわせながら、那智が手早くまえだけをくつろげるのがわかって喉が鳴った。

「好きにしていい」

手をとって導かれ、じかにふれたそれは熱かった。ぼうっと基の目が霞《かす》み、ふらふらと吸い寄せられるように口をつける。

幾度もついばんだあと、先端をおずおずと舐め、舌を絡ませたのは基の口におさめきれなかったからだ。いちどだけ受けた愛撫を思いだし、再現しようとしても、サイズが違いすぎてむずかしい。

夢なのに、なまなましい味がする。想像だけでこんなリアルな再現ができるなんて、奇妙だとも思ったけれど、はじめて許された口淫に基は夢中になった。

だが頭のどこかで、引っかかりを覚える。

（こんなんで、いいんだろうか）

反応してくれてはいるけれど、那智はじっと動かない。基はこれをされたとき、うずうずして身の置きどころがなくて、腰をさんざん暴れさせたのに。

「……あの、よくないですか」

「正直言うと、くすぐったい」

口元をぬぐいながら顔をあげると、苦笑する那智が頭を撫で、その手をすべらせて頬をやわらかく揉んだあとに唇へとふれる。

「それより、つながろうか、基」

やさしく言われて、基はびくんと震えた。赤くなって那智を見ると「いれたい」とささやかれる。無言でこくこくとうなずけば、シーツに這って腰をあげるように言われた。シャツが背中のカーブをすべり、腰にたぐまる。卑猥なポーズを取らされて、喉が干あがる。目をつぶってじっとしていると、ぬるりとジェル状のものが奥まった場所に塗りつけられた。最初は狭間を撫でるようにされて、縁を押し揉まれる。粘液が馴染んだところで、ゆっくりと一本目の指がはいってきた。はあ、と息をつく基の身体が、ぶるりと震える。

「本当にやわらかいな。まえよりずっと、楽にはいる」

「んんん……っ」

二本、三本と次々に増やされても、基の身体はなんら抵抗をみせなかった。必死にこらえても腰を振ってせがむような動きが止まらない。いつもの夢よりずっといい。かたい指がなかをえぐって、びくびくと背中が反応してしまう。

「もう、それ、い……いいです。指は、もういい」

「いれたい？」

　がくがくと基はうなずき、シーツを握りしめた。那智のことが、たまらなくほしかった。獣めいた体勢も、なにもかもが基を追いつめて、ただしたくてしたくて、彼のささやく言葉の意味もわからない。

「素直なのはいいが……もう酒は飲ませないからな」

　あきれたような、それでいて狂おしい情動をこらえるような複雑な声が聞こえた。同時に、那智のそれが尻の肉を押してくる。勝手に綻んだそこがぬらりと滑って、緊張につめていた息を吐きだした瞬間、ぐうっと割り開かれた。

「あう、い、あぁぁ……っ！」

　たしかな質量に穿たれ、基は心地よさに総毛立ちながら、卑猥な悲鳴をあげた。

「なんて声だすんだ、おまえは」

「だって……あっ、あっ、い、いいです、それ、い……っ！」

　寒気でもしたように那智が背中を震わせる。その瞬間、なかばほど含まされたペニスがまた膨れた気がして、ぶるぶると基の細い脚は痙攣《けいれん》した。

「そんなにいいのか」

「は、い。き、気持ちいいです」

「いれただけだろう」

だって那智だ。待って待って待ち続けたものをもらえて、感じないはずがない。意味もなくかぶりを振ったときにはもう、その待ち焦がれていたものが身体の奥にはいりこんで、基はその瞬間一気に達した。

「うあ、だめ、だめだ、い、くっ！」

びくびく、と腿が痙攣し、那智に腰を押しつけるようにした瞬間、高ぶりきった性器から勢いよく精液が飛びだす。シーツに染みをつけ、うつむいていた基の顎まで飛び散った射精のもたらす、すさまじい快感に基はぶるぶると震えた。

「……なにをする暇もないな。期待しすぎだ、基」

「す、みま、せ……」

どれだけほしかったんだと吐息した那智の長い腕が、背中から痛いほどに抱きしめてくる。ぜいぜいと胸をあえがせていた基は、そのときふと違和感を覚えた。

（あ、なんだ、これ……？）

背後にいる那智の胸元、基の裸の背中に、やわらかくなめらかなものと、冷たく小さくかたいものがふれている。ゆるんだネクタイと貝ボタンの感触は、夢のなかにはけっして存在しなかったもので、基はまさかと目を瞠った。

「シャツももう、ぐちゃぐちゃだな」

「え？」

指摘され、もうひとつの違いに気づいた。いつものあの夢ならば、気づくとすべての着衣が消え去っているのに、いまの基の身体には、着乱れたシャツがじっとりと汗を吸ってへばりついている。

「那智さん、あの……」

「なんだ？」

手首に絡んだシャツのボタンを、長い指がはずそうとしている。濡れそぼった下肢は自分が放った精液をこびりつかせ、それが外気に冷えていくときの、独特の不快感を感じていた。

（まさか……）

ざあっと血の気が引いて、その瞬間基は覚醒した。

「うそ、うそだ」

「なにが嘘、……っ、なんだ、急に締めるな」

身体が突然硬直し、那智を締めつけた場所もこわばる。ぎちりと狭まったそこには、これが夢などでない証拠のかすかな痛みを覚えて、基は青ざめた。

「ゆめ……じゃ、ない、んですか」

「いまさらなに言ってる。ほら、手、こっちによこしなさい」

基が固まっている間に絡まったシャツのボタンはほどかれ、那智がその腕を抜いてくれる。

その間も目を瞠ったまま反応しない基へ、いぶかったような声がかけられた。

「もしかして、いままでずっと寝ぼけてたのか？」

真っ青になったまま、「ほんとに、夢じゃないんですか」と基は再度問いかける。那智はおかしそうに笑った。

「いやに素直に話すと思えば、寝言か」

「……っ、ひ、あ、うわあっ！」

とうとう正気づいた基は必死に手足をばたつかせた。どうにか逃れようとしたのに、つながったままの場所が身体の動きを鈍くする。おまけに那智は手をゆるめないまま、さっさとシャツをはぎ取ると体重をかけて基を押しつぶしてきた。

「い、いやだ、も、……離してください！」

「聞けないな」

「那智さん、お願いだから！」

夢だと思ったからあんな真似もできた。けれどもあれらがすべて、現実の那智の目にさらされていたとすれば、ときおり鈍い反応や困ったような表情も声も、納得がいった。

あんなあさましい真似をして、あきれられただろう。軽蔑されたかもしれない。

（もう、死にたい）

あまやかな余韻などすっかり消え失《う》せる、できる限り手足を縮めて那智の視線から逃れようと、基はうずくまり、ぎゅっと目を閉じた。

震えた肩に、那智のため息が落ちた。それが落胆の色を孕《はら》んでいるかのように感じて身体をすくめた基は、さらりと髪を撫でる手のひらにも怯えてしまう。

「なんで、そんなにいやがる」

「……すみません」

問う声はひどく不機嫌そうで、取り返しのつかないことをしでかしたのだと基は思った。那智に嫌われる。軽蔑される。そう考えただけでもう生きていけないような絶望感が襲ってきて、だからひたすらに謝罪の言葉を繰り返していれば、しかし。

「謝れとは言ってないだろう。そこまでいやがることを、俺はしたか」

「し、してないです、でも」

「それに、せっかく抱けたのに、続きをさせないつもりか」

驚いて振り向くと、那智の表情はやはりすこし不機嫌にも見えた。けれど、鋭すぎる視線をおそろしくは感じない。むしろ、ざわざわと全身の肌をさわがせる。

「俺はしたくないとでも思ってたか？」

「え、だ、だって……あっ」

ゆらりと揺さぶられ、また基はシーツに顔を伏せた。身を起こし、大きな手で腰を抱いた那智が基の身体を引きずりあげてさらに揺すってくる。

「……話はあとでいい。いちど、満足させてくれ」

「あっ、あっ、あっ……は、い、はいっ」

うなずいて、身体を開く。とたんに容赦なく突きあげられ、基はシーツのうえで身悶《みもだ》えた。力強く、痛いほどの律動。奥の奥まで届く刺激に、さきほど放って萎《な》えていた性器がじわじわと頭をもたげてくる。

「こんな抱きかたをされても感じるのか。前戯も愛撫もなしで、いれただけで」

「は、い……ご、ごめん、なさい」

「だから謝るな」

いらだったように那智が言って、たくましいものが引き抜かれる。どうして、と身を起こした基は肩を摑んで身体を返され、組み敷いてくる那智が自分のうえでネクタイを引き抜き、乱暴にシャツを脱ぐ姿を見せつけられた。

引き締まった胸筋と腹筋、長い腕。シャツを床に放り投げる乱暴な仕種ですら、彼は優雅な獣のようだった。

やがてスラックスと下着もすべてまとめて脱ぎ去った那智があらためて覆い被《かぶ》さり、両手で基の顔を包むと、長くねっとりした口づけをくれる。

夢中になって応えていたけれど、息が続かなくなって唇が離れた。あえぐ胸を撫で、頬とまぶたに唇を押し当てた那智が、頭を抱きかかえて詫《わ》びてくる。

「いらない遠慮をして悩ませて、すまなかった」

「な、那智さん……」

「気を遣うつもりが、見当違いだったみたいだな。今後は村瀬がなにを言おうが無視する。だいたい、おまえを手にいれた時点で、良識もなにもあったもんじゃないんだ」

ばかばかしいことをした。自嘲気味に嗤う那智に、基はかぶりを振る。何度も無言でふるとしていた頭を、彼の手が止めさせた。

「俺の望まないことはしたくないと言ったな？」

「はい」

「だったら、ひとりで思いつめるまえに、俺に考えていることを言うように」

額をあわせるあまい仕種でやさしく叱られて、基はぐっと息をつめる。

「……はい」

「ほかの男だか女だかで、吐きそうになりながら性欲を散らすような真似は、想像だけでもしないこと」

「はい」

「嘘はつかないこと。それと放っておかれて不満なら、俺にちゃんと文句を言うこと」

「不満とか、ないです。なにもないです」

「じゃあ寂しくなかったのか」

その訊き方はずるい。嘘はつくなと命令されたばかりで、違うとは言えない。じっと目を見てうながされ、震える声で、基は言った。

「さびし、かったです」

「ほかに言いたいことは？」

ひきつった喉を那智の指がなだめるように撫でる。もっと声にだせというように。

「だ、抱いてもらえなくて、哀しかったです。なにか失敗したかと思った。つまらなかったかとか、一回でもしてもらったんだから、ぜいたく言うなとか、すごい考えました……俺、なにかだめだったら教えてください。じゃまなら言ってください」

「じゃまじゃない。あと、おまえがどうすればいいかじゃなくて、俺が、どうすればいいか教えてくれ」

「……黙って無視しないでください。それから、ごはん、いっしょに食べたいです。たまにで、いいから、抱きしめてほしい。な、那智さんの気が向いたときでいいから」

忘れないでいてくれるなら、ずっと待つから。ぼろぼろと涙があふれ、いつのまにこんなに要求がおおきくなったのかと基は愕然とした。謝ろうと口を開くタイミングで、那智の唇が口をふさいでくる。

「謝るのは俺で、基じゃない。それとおまえの状況で文句を言っても誰も怒らない」

手のひらで涙をぬぐわれながら、基は唇を噛む。いま口にしただけでも、充分にわがまますぎると思う。鳩尾《みぞおち》が冷たくなる基の額に唇を押し当てた那智は、静かに問いかけた。

「それで、基。セックスは？」

淡々とした口調でストレートに言われ、基は硬直した。

「したいか、したくないか。言っていいんだ。俺にあわせなくていい。本気で俺につきあったらおまえが壊れるから」

どういう意味だろうと見あげた基に「わからないか」と彼は苦笑した。

「かげんもせずに抱くのはまずいと言われて、避けるしかなかった。おまえ相手に手かげんできるわけがないからだ。最初のときはまだ、体調のこともあったし無理もあるだろうと自制できた。でもあれが限界だ」

「かげんって、でも……」

那智は言葉を切って、基の腿をゆるく撫でた。うながされたのがわかって、ちからの抜けた脚を素直に開くと「これだから」と彼が眉を寄せる。

「いいだけ、させるだろう。いやがりもしない」

「だっていやじゃないです」

「……そうやって、いい歳した男をつけあがらせるから、悪い」

那智の言葉をうまく呑みこめずにいると、両脚を抱えられて胸につくほど曲げられた。すべてを彼の目にさらす体勢をとられ、恥ずかしさに全身が染まる。目を逸らし、唇を嚙んで、従順におとなしくしていた基は、いっこうに那智が動かないのを訝《いぶか》った。

おずおずと目を向け、うかがうと、那智はなにかを待つようにかすかに微笑んでいる。

「どうしたい？」

「あ……ほ、ほしいです」

「なにを」

ほしいなら手を伸ばせと、いつものように那智が告げる。ごくりと息を呑み、自分の心がのたうちながら、過分なぜいたくだと叫ぶのをねじ伏せる。

「那智さんと、セックス、したい……っ」

「正解だ」

短く口づけた那智が身体を倒し、かたいそれを基に突き刺す。は、と息を呑んだ次の瞬間、両脚が彼の肩に載せられ、めちゃくちゃに揺さぶられた。広げた手のひらで胸を撫でまわし、薄い肉を揉まれる。びくんと腰が跳ねるけれど身動きのとりづらい体位に逃げ場はなく、肉をぶつけるように突かれながら尖った乳首をつねられた。

「あっ、あっ、あああ！」

「基はここ、好きだな」

「……っ、はい、す、好きです」

もっといじって、と胸をそらすと望んだ以上の愛撫がもたらされた。無理なくらいに身体を折りたたまれ、舌で乳首をいじめたあとに軽く歯を立てて引っぱられる。悲鳴をあげて悶えると、那智の大きな身体との間に挟まれたペニスを強くしごかれながら腰をぶつけられた。

「ああ、だ、だめ、も……っ」

「さっきだしたんだから、もうすこしこらえろ」

もういく、と叫んだら、そんな無茶を言われた。ひどいと涙目で睨んだ那智は、すこし意地悪くおもしろそうに笑っている。

「我慢しなさい、基」

これがわざとだと、そのときにわかった。わがままを言え、ねだれ、と訴えてくる青灰色の目に、基は苦しい息のしたから言葉を絞りだす。

「……いき、たいっ……」

喉奥で笑った那智は「まだ」とにべもない。ぬるついた粘膜で彼を絞るように締めつけ、基は自分から腰を振った。

「……っ、身体で訴えるのはずるいだろう」

「ずる、いのは、そっち、ですっ」

手を伸ばすと、手首を摑んだ那智が手のひらに唇を寄せる。ちらりと汗のにじんだくぼみを撫でられ、基の爪先がびくんと空中でこわばった。

尖りきって痛い胸をそらして腰を振るさまは、痴態といってもいいほどの乱れようで、自分で自分が怖くなる。

「あ、も……俺、おかしいっ……」

「好きなだけほしがれ。ぜんぶやる。……おまえが、ついてこれるなら」

喉奥で笑った那智が許すのも悪いと思う。うねうねと彼を食《は》んだ尻を両手で包んで、もっと貪れと言うように揉みこみながら、しなやかな腰を淫らに送りこんできた。

神経が焼き切れそうになる。もうなにも見えず、ただ何度も手のひらをもがかせると、那智が指をぜんぶ絡めて捕まえてくれる。

まともな言葉などもう紡げなかった。あえぎすぎて喉が痛い。火のような呼気が唇を乾かせて、舌で潤すと那智がそれに食らいつく。

貪りあうようなセックスが、ずっと続けばいいと思った。全身に絡みつき、那智からもらえるものはすべてほしいと訴えると、好きなだけ持っていけというように押しこまれる。

睦みあったまま、いろんなかたちでつながった。こんなにたくさんのことができるのか、と驚きながらも、翻弄されるままに基は那智へついていく。

「もう、いく、いく、いくっ」

彼の膝に乗せられて長いこと揺さぶられ、首筋にしがみついて泣きだすと、ようやく那智が許してくれた。

「いけ、好きなだけ」

「うあっ、ひっ、……あああ！」

がくん、と背中をそらせたまま達しても、ずるりとシーツに身体が落ちても、那智はその淫らな律動をやめなかった。基もまた、激しい鼓動に胸が痛んでも、やめてほしいとは思えなかった。

「あ……あ、いい……っ、きてる……きて……っ」

うつろにつぶやく基の身体は、痙攣が止まらないままだ。射精したのに、絶頂感はすこしもとぎれなくて、もっともっとと腰が動く。粘着質な水音が絶え間なく聞こえた。那智の身体と、自分のそれを混ぜ合わせる音だと知れば、卑猥なその響きさえも基を酔わせて、またおかしくさせていく。

「基……っ」

耳元でうめいた那智の声に、彼の限界を感じた。ちからのはいらなくなった脚をどうにか持ちあげ、彼の腰にまわして離れまいとする仕種に、那智が笑う。

「なかで、いいのか」

「は、い……」

だして、とろくにでない声でせがむと、音をたててキスをくれた。

「最後まで、飛ぶなよ」

「んん……あっ、はい、ああ、あああ！」

いままででいちばん、乱暴に揺さぶられ、ひときわおおきく身体をぶつけられた。

熱い体液をいますぐ飲ませて、というように窄《すぼ》まったそこへ、身震いした那智から望みどおりたっぷりとしたものを与えられて、背筋がこわばるほどに痙攣した。

「あ、うあ、ん……っ」

溶岩流のように流れこんでくる、どろりとしたものが体内を満たしていく瞬間、全身が総毛立つのがわかる。しとどに濡れていくそれがまるで、酸のように基の脆弱《ぜいじゃく》な粘膜を侵し溶かして、骨からぐずぐずになる。

「ん、っ」

ちいさく息をつめた那智が、長い射精を終えて眉をひそめた。その表情だけでもういちど、ちいさな絶頂感を味わった基の腰が跳ねる。気づいた那智が細い腰をなだめるように撫で、基のうえへとのしかかってきた。

全身がびっしょりと汗で濡れている。長い、肺からすべてを吐きだすような息が基の髪を揺らす。満足してくれたことを示すそれに嬉しくなって、背中にまわした手でそっと彼の身体を撫でた。

あでやかな絵のはいった那智の背中は、すこしだけ体温が低い。そのまんなかに走るひきつれた疵を指でたどると、ぴくりと那智が身を震わせた。

誰にも見せたことのない、さわらせたことのない疵。基だけに許したという特権を味わうように何度もなぞっていると、下半身に違和感を覚えた。

「……え」

「さわるからだ」

ぐっと充溢感を増したそれが信じられずに目を瞠ると、かすかに眉を寄せた那智が笑う。頰を手の甲で撫でられて、ぶるりと基は震えた。

「つきあえるか？」

ささやかれ、ぼうっと頭がかすんだ。一も二もなくうなずくと、また深くなる。目のまえにある広い胸に唇を寄せて、汗を吸う。いたずらをするようにおずおずと舌で撫でると、那智の深みのある声が「まったく」とつぶやくのが聞こえた。

「きりがないな、基」

「すみません……」

「違う。俺がだ」

自分にあきれたように笑う那智に、基は「嬉しいです」とちいさくささやいた。

腕を伸ばし、抱きしめられ、抱きしめる。

ひと月の不在を埋め合わせるには——基の、まだ脆い自尊心を那智への愛情と信頼でかためるには、まだ足りない。

火照って、溶けて流れてしまいそうで、なにかで堰《せ》き止めてほしいと願いながら淫らに堕《お》ちた身体を差しだせば、那智の抱擁もまた痛いようなものに変わった。

どこまでいくのか、果てはあるのかわからないけれど、しっかりと受けとめてくれる男の腕にすがって、基は官能のなかへと溺れた。

＊　＊　＊

翌日になり、当然ながら基は体調を崩した。

軽い微熱と目眩程度で、本人は平気だと言ったけれど、歩く足下はどうにもおぼつかない。診察にきた村瀬が寝ておけというのも聞かず「平気です」と笑うばかりだ。

「半分は、宿酔《ふつかよ》いですから。べつに風邪ひいたわけでもないですし」

そうだろうよ、と村瀬は思う。本当ならたしなめたいところだが、基の表情がこのところになくあかるいもので、言葉を喉に引っこめるしかない。

「おつまみ、用意しますから待っててくださいね」

「あー、うん。悪いね」

ふらふらしている十代に酒の肴《さかな》を用意させるのが、いいのかわるいのか。とはいえ、遠慮したところで働き者の基がじっとしているわけもない。

結果、村瀬の小言は、静かにグラスを揺らす那智へと向けられた。

「やりすぎだ」

睡眠不足の原因となる男は、体格のとおりタフなようで、二十も年下の恋人を抱きつぶしたというのに、平然としている。

「……なあ、正吾。良識ある大人として忠告させてほしいんだが」

「断る」

「断るっておまえ」

村瀬は苦虫を噛みつぶしたような顔になるが、那智は至って涼しい顔のままだ。

「基が寂しがるような気遣いならいらないとマサルにまで言われた。俺もいまはそう思う」

しれっと告げた男の表情は冷静で、昨晩の情事をみじんも匂わせるものはない。しかし、ときおり物憂げにこぼす吐息にはあきらかに艶《つや》のある疲労がにじみ、村瀬の表情はますます渋くなっていく。

「学校がはじまったらかげんするさ」

「本当かよ」

当たり前だろう、と告げた那智へ首を振り、村瀬が視線を流したさきには、すこしばかり足下のおぼつかない様子の基が、酒のつまみをこしらえている。

実際このふたりの場合にはあまりにも関係性が特殊すぎて、村瀬自身持てあましている部分もあった。

あの状況を考えて、基が那智に対して慕う心を持つのは予測済みだった。不安定な精神に苛《さいな》まれる状態で、それを救ってくれた相手に恋心を持つケースは、数多もある。

吊り橋効果やストックホルムシンドロームなど、極限状態に置かれた人間が持つ恋愛感情は、それが劇的であるからこそ破綻《はたん》したときの揺り返しも激しいのだ。

そもそもが基の環境を思えば、那智イコール庇護者を失うことについての恐怖や不安感はかなりなものがある。それを、情愛ではなく恋と取り違え、しかもその錯覚が冷めたり、関係が壊れてしまったときに、彼はどうなってしまうのか。

それを思えばおそろしくもあり、だからできる限り、セーブのきくであろう那智に苦言を呈した。あまりに強烈に互いを求める情は、下手《へた》をすれば危うい方向へもいきかねない。

世界に互いだけと、そんな閉じたループに陥るのではないか、そんなふうに案じたから、あえていろいろと無粋な釘を刺しもしたのだ。

すこし時間と距離を置いて、お互いをよく確認して、その恋愛が錯覚ではないか、傷が浅いうちにたしかめさせるつもりだったのだ。

だがどうも、村瀬の予想とは違う方向へ、事態は展開してしまった。

様子見をしている間に基はどんどん落ちこんでいくし、那智は那智でじりじりと荒れた。

気を紛らわせるかのようにいつも以上のパワフルさで仕事をこなすその様子は、鬼気迫るものがあった。

　基はともかくとして、那智のあのすさみぶりは、正直まったく考えもつかなかったのだ。

　心が冷えて枯れて、十代のなかばから余生を送るかのような乾きをにじませていた友人は、基との出会いで相当に変わった。

（正吾がここまではまるってのもなあ……）

　最初は、たぶん責任感と同情だった。あるいは自分自身の過去になぞらえた、代償行為に近いものもあっただろう。

　けれどいま、基を見つめる那智の視線には、気恥ずかしいようなあまさと執着がにじみ、村瀬はやれやれと首を振るしかない。

「センセ、もう、ほっとけば？　もっくん、この間のカウンセリングでは、ほとんど問題ないって言われたんだろ」

「まあそりゃそうなんだがよ」

「じゃあいいじゃんかよ」

　マサルにまでしたり顔で諭されてしまっては、プロとして情けないにもほどがある。

「けどおまえ、ケースがケースで——」

「仕事のお話ですか」

　顔をしかめてうなっていれば、いつのまにか新しいビールとつまみを運んできた基が首をかしげていた。むずかしい話ならはずしたほうがいいのか、と問う声に、なんの屈託もない。

「いや、そうじゃないけどな」

繊細な顔立ちに浮かぶ、満ち足りて幸福そうな表情を認めてしまえば、机上の空論めいた危惧《きぐ》など持ってもしかたがないのだと思い知らされる。

「どうぞ、これ。余りものですけど」

目の前にだされた小鉢には、ほうれん草の白和《しらあ》えが盛られている。隣にあるのはイカゲソとワタを使い、酒としょう油をくわえてオーブンで軽く焼いたものだ。

「またレパートリー、増えたのか？」

「この間テレビでやってて、お酒のつまみによさそうだったんで」

微笑む基は、この年の少年にしてはかなり料理の腕が立つ。手先が器用で、なにかを作るのが非常に好きらしい。追いつめられていたあのころには怪しげな改造銃など作っていたが、いまは料理の腕をあげるのに熱心で、おこぼれにあずかるマサルの舌はどんどん肥えていったらしい。

ぼろぼろに傷ついて震えていた彼は、恋人と、そして仲のよい友人のために、なにかできることがあるのが嬉しいらしく、細い身体で懸命にがんばっている。その状況で、彼らのなにを咎め、なにを引き離す必要があるのか、村瀬もすっかりわからなくなる。

「……正解は、ひとつじゃねえか」

「はい？」

首をかしげる基の顔は、年相応のあどけなさだ。

空回《から》りするばかりだった心配性の医者は、なんでもないよと笑いかけた。

＊　＊　＊

ほろ酔いの医者とあまり役に立たない助手が、お開きになった酒宴からそれぞれ帰途へついたあと、片づけのため立ち働いていた基に那智の声がかかる。

「手伝うか」

「いいです、ゆっくりしててください」

もう終わります、と濡れた皿を洗いかごに伏せながら答えた基の細い腰に、ゆったりと長い腕が巻きついてきた。

「那智さん、あの」

「うん？」

「……これじゃ洗えないんですが」

赤い顔で訴えても、やわらかく抱きしめてくる腕は去らない。酔っているのだろうかと見つめたさき、青灰色の目がとろりと熱を帯びたのを知ってしまえば、基はもうなにも言えない。

「いいから、きなさい」

基にだけ届く声量のささやきに、この日いちにち、ちからのはいらなかった身体は、いよいよ立っているのも危うくなる。

奇妙で淫らな夢は、もう見ないだろう。見ている余裕がないというのが正しいのかもしれない。なにしろもう、ここ一週間近く、基は自室のベッドを空けたままなのだ。

口づけたまま抱きあげられ、首筋に腕を回せば危なげない歩みが基を寝室へと運んでいく。その表情にはもう、陶酔と安堵以外のなにも浮かんではいない。

求めた熱量をはるかに凌駕《りょうが》する勢いで、那智は基を抱きしめてくれる。

日に日に深まっていく官能は、四肢に満ちる倦怠感となって現れるけれども、飢えていた時間を埋めるそのあまい行為に、もうしばらくは溺れていたい。

夢でなく、幻でなく与えられる広い胸の安寧に、ひそやかなため息を落としながら、基は赤く染まった指先をそっと、恋人の頬へと差し伸べた。

みずから我が涙をぬぐいたまう日

ぼくは、ひとというものをとても、好きでいるのだけれども、ひとに好いてもらえるような自分では、果たしてあるのだろうか。

疑問は去らぬまま、心の奥底でじくじくとうずくまっていて、発芽を待つ球根のようにぼくの血を吸いこみながら弾《はじ》けるのを待っているようだ。

芽吹くのは、どんな色をした、そしてどんな形をした花だろうか。あるいは、花であるのだろうか。うねうねとした、歪《ゆが》んだ形をしたなにかであったならばどうしようか。

ぼくはそれがとても怖い。

うつくしくないものが胸のうちに巣くっているのがおそろしい。

怪物のようなそれがいずれ、ひとを傷つけるためのように、ぼくのこの口のなかから飛び出ていってしまうことはないだろうか。

言葉というものの形を借りて延びる触手は、いったいぼくのこの混沌《こんとん》とした内部のきたなさを、ひとに塗りたくるようなことはしないだろうか。

考えればいたずらに、涙がでて、そうしてすすりあげた洟《はな》とともにぬぐう、意味もなく甲《か》斐《い》もなくただそれを繰り返すばかりの自分が、滑稽《こっけい》だ。

けっきょくはなにもかもがおそろしく、なにもかもに逃げたくなっている。

自分が、ただ矮小《わいしょう》に見苦しい生き物だと、痛感しているのだ。

そのくせにそれを変えられず、そのくせにひとに愛されたがって、なんてなんてみにくいものであるのだろうか。

そうして、このぼくの、みにくい心ごと、愛してくれるひとなどいるのだろうか。

＊　＊　＊

満開になった夾竹桃《きょうちくとう》の花が、庭先からこぼれている。

けばけばしい印象のこの植物が盛りになる季節は、肌を焦がす陽光も厳しく、激しい。

苔《こけ》むした庭石を踏んで、もうだいぶくたびれの来ている門扉《もんぴ》からひとつ脚を踏みだした那《な》智正吾《ちしょうご》は、厳しい初夏の日差しに端整な顔をしかめた。

しかしその不快げな表情を浮かべた理由は、背後からかけられた、体温の感じられない声の持ち主のせいだったのかもしれない。

「どちらへ」

まだ梅雨《つゆ》にもならない時期だというのに、この年は夏が早く、朝方からずいぶんと暑かった。立っているだけでむしむしと肌が蒸れるような、日本特有の粘った生ぬるい空気のなかにあっても、工藤博徳《くどうひろのり》は漆黒のスーツを纏《まと》い、ネクタイさえもゆるめることはない。

この男は、たしかまだ三十になるかならないかという年齢のはずだ。しかし、その落ちき払った態度に、表情筋がないかのような冷徹な面《おもて》が、彼を年齢不詳にする。

「どこでもいいだろう」

ひろびろとした夏空の青さとは違う、どこか凍《い》てついた色合いの青灰色の那智の瞳が、いかにも疎ましそうにその喪服のようなスーツを睨《にら》みつける。

四分の一、外国の血が混じっている那智は、十七歳にしてすでに完成した体軀《たいく》を持っていた。

生粋《きっすい》の日本人にはあり得ない、力強い骨格に恵まれた筋肉は夏仕立てのシャツに包まれて、その長い腕を軽く振るだけでも躍るように跳ねるのがわかる。

自身が忌《い》むほどに、押し殺してなおにじむ、あまりに激しい情とちからに大抵の人間は臆してしまうけれども、目の前の男はまるで怯《ひる》むことがなく、それがさらに那智を苛立《いらだ》たせた。

「そうは参りません。きょうは、親父《おやじ》がこちらにお訪ねの約定になっておりますから」

「――俺に、なんの関係が？」

慇懃《いんぎん》に告げる工藤に向け、放つ言葉は嫌悪にまみれている。

血のつながりのある那智自身は、けっしておのれの遺伝子提供者を「父」と呼ばない。かわりのように、盃《さかずき》でつながった工藤をはじめとする彼らは一様に、あの男のことを「親父」

と呼び、敬っているその皮肉さに、睥睨《へいげい》する青い瞳はますます冷たく温度を下げた。

「先だってのお話について、返事をいただきたいと」

「跡目を継げってことなら、もうとっくに断っただろう」

聞きいれないのはそちらの勝手だと、抑揚なく、だからこそ憤りを隠せない声が吐き捨てる。

那智はその声もまた、体格に応じるように低くあまい。それでいてまだ不安定な若さを表すようなかたさをも含んで、そのひりひりとした響きがさらに彼を苛立たせた。

「なにを言ったところで俺の意見など聞く気はないんだろう。だったら話をしても無駄だ」

「逃げるんですか」

挑発を向けられ、びりびりと那智は自分の肌が震えるのを知った。しかし、あからさまなそれに乗るだけ、ばかを見ると知るほどには、平行線の話は続いている。

「逃げる？　俺が？　どこへ？」

生まれ落ち、物心ついてからもうずっと。

うっすらと笑みさえも浮かべ、那智はその薄くうつくしい唇をそっと歪ませた。

「家出ごっこをしたところで、戻ってくるころにはまた、あのひとが腕でも折られているだけだろう？　それとも今度は、脚でも折るのか」

脆弱《ぜいじゃく》でうつくしい母を「あのひと」と呼ぶ那智の声には、どうしようもない思慕と嫌悪と侮蔑が混じった。

「それともまた、俺の目の前で——犯すのか？　あのひとを。今度は何人がかりだ？　おまえも混ざるつもりか」

その彼女をいたぶり閉じこめることで、自由を奪おうとする父の存在にも、もうすでに憎悪といっていい感情を覚えてひさしい。

そしてまた、そのきたない男に屈服するしかない、おのれ自身にも。

「……正吾さん」

「呼ぶな。虫酸《むしず》が走る」

敬称をつけられることがまるで、手ひどい嘲弄《ちょうろう》のようだ。

正道を外れた男が、その息子に「正しきは吾《われ》にあり」という名をつけた皮肉が、那智におのれの名を憎ませる。

あの男の手足である工藤に対しては、那智のもどかしい苛立ちがさらなる怒りとなってぶつけられた。

「おまえらはどうせ妾《めかけ》なんて、ただの道具にしか考えてないんだろう。その息子も、ただたまたま生きて、戸籍を持って暮らしてるだけの、人形としか思ってないんだろう」

「………」

否定も肯定もしない工藤に「そのとおりだ」と告げられている気がした。自分を貶《おとし》める発言をすることで、他者を傷つけようとするやり方は、相手がひととしての尊厳を持ち、また恥を知る人種でなければ通じない。

(ばかばかしい)

わかっていて、それでも言い募りたいのは自分の青さでしかないと、知っているから苛立ちはなおもひどくなる。

「どちらへ」

きびすを返せば、さきほどと寸分変わらない声が背中に投げられ、きりきりとした声のまま那智は振り向かずに答える。

「図書館だ」

「送ります」

「そんなものは……っ」

いらないと、声を荒げようとした瞬間。目の前を近所の主婦がとおった。

脳を焼くような暑さにたるんでいた中年女の表情が、那智とそして工藤の姿を見た瞬間凍りつき、そそくさと早足に逃げていく。

「……ひとりでお出かけになっては困ります」

「俺には関係ない」

「わかっているでしょう、正吾さん。あまり、駄々をこねないで頂きたい」

時期が時期だ、と告げる工藤の声は、この熱のなかにあってもやはり、ひんやりと響いている。

「あなたは目立ちすぎる。いずれにしても」

そうしておそらくは、工藤の言葉が正しいと知るからこそ、憤りが若い胸を焼き焦がすのだ。

1980年代の終わり。本格的に施行されることが囁《ささや》かれる暴力団対策法に対し、日本全国の組関係者は一様に殺気立っていた。80年代の半ばには大型暴力団同士の抗争が九州から中部にかけて激しく、どこもかしこも、その勢力を伸ばすことに夢中になりすぎたのだろう。殺し合い、いがみ合ったあげくに気づけば、仁義もなにも消え失《う》せて、足下とその資金力を弱めただけだ。寝返りと裏切りによって弱体化をはじめていたのは、どこの組も同じようだった。

そうして、遅まきながら乗りだした『法』という締めつけのまえに、確固たる地盤を築きたいと逸《はや》る連中は多い。

那智の戸籍上の父親である、広域指定暴力団鳥飼《とりかい》組組長、飛火野蓮治《とびひのれんじ》は、関東のドンと言われる男のひとりだ。

そして鳥飼組の懐刀《ふところがたな》と呼ばれ、次期若頭との呼び声も高い工藤は、噂《うわさ》では有名大学の法学部をでたとも聞いている。

馴《な》れ合いの手打ちと武力抗争でのしてきた、いままでの暴力団のやり方では、いかな烏飼とはいえ早晩立ちゆかなくなるのは目に見えている。

世界を牛耳《ぎゅうじ》るにはまず、経済から。そういう時代だ。

しかし、そうそうどこの組も素早く対策を取れるわけもない。むしろ組織が大きければ大きいほどに足並みは乱れ、血の逸った連中が考えつく裏工作と言えば、昔もいまも大差はない。

タマを取るまでに至らずとも、なにかダメージを、もしくは交渉のための材料をと血眼《ちまなこ》になる連中がまず目をつけるのは、身内。

ことに、愛人の息子で別宅に住まう那智は、クォーターという異色の存在感からも日本中に顔と名前が知れ渡っている。

本来であれば面子《メンツ》を重んじ、純血を尊ぶこの世界では、那智のような外見から異分子であると知れる青年は、影にその身を潜めるはずであった。

そもそもやくざは世襲制ではない。『跡目を継ぐ』というのはそのポストを、次代を担うと見こまれた男たちが受け継いでいくものであり、血よりも重んじられるのは盃を交わした約定だ。

その規範において考えれば、むしろ那智のような存在は黙殺されてしかるべきだった。

「広島の名角《なかど》組から、血の気《け》の多いのが数人、飛んだと聞いていえます」

「……だから？」

「昼日中でも安心はできません。考えて行動をなさらないと――無駄に、血が流れます」

暗に、周囲を巻きこむ羽目になると脅してくる工藤を、血の噴きでるような視線で那智は睨みつける。しかし、工藤の冷静な表情はなにひとつ変わることはない。

「ご学友と待ち合わせをされているのでしょう。村瀬《むらせ》医院の跡取りと――島田《しまだ》さんのご子息」

医者の息子に、このあたりでは名士の家の長男である後輩の名をだされ、どこまで、と那智は唇を噛《か》みしめた。

「いずれも将来有望な方々だ。……巻きこまれては、なにかと」

「……約束があるんだ」

震える声にはもう、さきほどの激した強さはない。

工藤の言葉に刃向かいきれないのは、その圧力に屈したわけではない。血なまぐさい事態を示唆するそれがけっしてただの脅しではないと、那智自身が知り抜いているせいだ。

そうして、明確に状況を読むことができてしまう聡明さと、我を殺してしまえる冷静さが、彼の父親を那智へと執着させてしまうのは皮肉だった。

全国模試で首位を取る頭脳に、こうした状況にも屈しない胆力、そしてそれでいて、腐らず顔をあげ続ける、その心。

なによりも、顔立ちでなくひとを惹《ひ》きつけずにおかない、不可思議な魅力とそして、カリスマ。

裏の世界を統《す》べるに必要なすべてを那智は生まれながらに持ち合わせており、嫡子である正治《まさはる》を捨ててまで、蓮治が執着するのもまた、那智という存在に魅入《みい》られている部分があるのだろう。

本人が望むと望まずに、かかわらず。

「ご理解いただければ、それで。……仰々しくはいたしません、ひとり、つけさせていただければ」

目立たないようにいたしますので、とつけ加えるのが皮肉なのか、それとも工藤なりの思いやりであるのか、そんなことは那智にはもう、どうでもよかった。

ただ四六時中、監視から、そしてこの状況から逃れることのできない自分をあらためて、知らされる。

そのたび、心の奥でなにかが、みしみしと軋《きし》んで壊れてしまいそうになる。

決壊を食い止めているものは、ただ那智の自尊心と、そして若さゆえに捨てきれない、なけなしの希望だけだ。

「……好きに、しろ」

恐れいりますと頭を下げた工藤を、けっして見ないままに歩き出す。数メートルを置いて、誰かが自分をつけていることは、振り返るまでもなくわかった。

うつむいて歩く足下には、ねっとりと濃い自分の影がへばりついている。額から滴《したた》る汗が、ふやけたようなアスファルトに落ちては染みをつけ、また一瞬で消えていく。

色素の薄い瞳にはつらいばかりの、容赦ない日差しが髪を焼いた。

＊　＊　＊

ひんやりとした図書館には、古い紙のにおいが満ち、どこかかびくさいようなその空気に那智はほっと息をついた。

閑散とした市立図書館は居心地がよく、休みにはいつもここを利用している。友人たちとの待ち合わせも大抵ここで、料金がかからず何時間いてもかまわないというのがそのもっぱらの理由だ。

村瀬と島田は、まだ来てはいないようだった。時間つぶしになにか本を、と適当な棚を探って、このところ著作をいくつかこなした大江健三郎《おおえけんざぶろう》を手に取る。

ずいぶんと古い本のようで、背表紙のあたりには透明なテープで補修を施されていた。

タイトルには『みずから我が涙をぬぐいたまう日』とある。図書カードを差しだし、スタンプをもらって適当な席につけば、表紙をめくったとたんにまた、かびのにおいが鼻をついた。

（またこれは、難解だな……）

はらりとめくり、いままでに数冊読んだなかでも難物そうだと、最初の数行で感じ取る。意味を理解するにはずいぶんと時間がかかりそうだったが、しばらく読み進むうちにさもありなん、この主人公はどうやら、精神を病んでいるようだと感じた。

叫び、泣き、興奮しまた絶望し、くるくると万華鏡のように妄想めいた言葉をまき散らす。その思考は複雑で、しかもこれは、天皇制に関してひとかたならぬものを感じている人間にしか、わからない部分がある話だと気づいた。

かつて神であり、現在は『象徴の存在』であるあのやさしげな老人は、先日ふたたび危険な状態にはいったらしいとニュースで報道されていた。

世紀末、和をもって昭す時代が、終わろうとしている。

自粛のムードが高まり、この年の秋には那智の高校でも文化祭などの催しを縮小しようとの動きもある。前年赴任してきた校長が、やや旧態依然とした気質の持ち主で、すこしばかり校内も息苦しいものになっている。

それ以外には『彼』の存在とその生死についての事柄は、那智自身にはいっさいの影響はなかった。むしろ、受験を控えて変更が予想されている共通一次に対しての対策のほうが、よほど、卑近な問題としては重い。

それでも、滑稽《こっけい》なまでに道義を重んじ、そして戦中生まれのあの男――蓮治には、なにかしらショックではあったらしいと、暗い嗤《わら》いを那智は漏らした。

思考の問題なのか、それとも商売的かつ策謀的な関連なのか、右よりの連中とのつながりも少なくないのが、あの世界だ。

しかし、本宅をおとなうあの連中のなかに、この本のなかの男ほどに、純粋になにかを信じ、そして裏切られた者はあるだろうかと那智は思う。

(いないだろうな)

主義も、主張も形骸化し、経済の泡に飲まれていく、そんな時代だ。けっきょくはスタイルでしかないからこそ、あの街宣車はあんなにも滑稽なのだろう。

いくつかの国が消え、また統合し、壊れゆく壁と血塗《ちまみ》れで勝ち取られた自由。

香具師《やし》からやくざへ、そして暴力団へ、形骸と歪んだ権力だけを手にしてきた彼らには、大きなこの流れが見えているのだろうか。

(いや……あるいは、あいつなら)

工藤の、冷たく凍えた漆黒の瞳を思いだし、那智はふっと唇を歪めた。どこまでも冷徹なあの男ならば、この変容をも易々《やすやす》と泳ぎ切れるような、そんな気がした。

しかしそれも、どこまでの話であろう。

世界は終末に向けて急激に変化し、すさまじいようなうねりを見せている。

邁進《まいしん》するそれに、ある者は飲みこまれ、ある者は弾かれて、そうして、その濁流の先にはなにがあると言うのだろう。

強烈な圧力によってつぶされていく、自由と、自我。それはいっそ解放されるより容易《たやす》い、空虚なあまさがある。

飲まれ、考えることを放棄することが易いと、感じられるものには。

いずれにせよ、なにもない。この掌《てのひら》には掴《つか》み取るべきものも、そうして得られるもののなにも、見えはしない。

2000年という未来がくるのか、そこに未来はあるのか。

大人として生きている自分の姿さえ見えない那智には、わかりようはずもない。


「うっす、待ったか？」

「ああ……そうでもない」

熱した激流のような文章に飲みこまれ、思考に沈みきっていた那智の肩がふいに叩かれれば、頑健な体軀の青年が笑いかけている。

「まったクソむずかしい本読みやがって……アタマが悪くなるぞ」

「どういう理屈だ、村瀬」

柔道家であると言われれば十人が十人納得するだろう、大柄で筋肉質の村瀬は快活な気質の持ち主だった。中学からのつきあいがある彼は那智の家のことも知りながら、臆さず初対面から話しかけてきてくれ、それ以来友情は続いている。

「島田はまだ？」

「なんだか野暮用で遅れるってよ……どうやらまた、親父さんと揉《も》めてるらしい」

「進路か」

困ったものだと眉《まゆ》をよせるのは、一学年下の後輩の事情を知るゆえだ。

島田という洒脱な後輩は、まだ高校一年でありながらすでに自分の進路を見極めているらしく、高校をでたらそのまま公務員試験を受け警官になるか、よしんば大学に進んでもやはり警察にはいるつもりであるらしい。それを親に反対されているのだ。

学年は違うが、中学から村瀬と同じで、またかかりつけの医院であることからふたりは親しく、島田ともすぐに打ち解けていた。

「あそこんとこはなあ……親父さんが、また」

ややこしいから、と村瀬が言いさしたところで、静かだった図書室のドアが乱暴な所作に開かれる。びしゃん、と引き戸のそれが激しい音を立てて、一斉にその場の全員が咎《とが》める視線を送り、そうしてまた気まずげに逸《そ》らした。

「――島田」

「てっす。遅れてすいません」

にやりと笑った、やや濃いめながら整った顔立ちの青年は、いかにも暴力の痕《あと》とわかる傷をその頬骨《ほおぼね》の高い顔にばっちりとつけており、村瀬と那智に深々としたため息をつかせたのだ。

＊　＊　＊

気まずい空気に耐えかね、ロビーへと逃げれば、顎《あご》をしきりにかくかくと動かす島田が派手な柄シャツのまま煙草《たばこ》をくわえた。

「おまえ、また……」

「いいじゃねえっすか。どうせ俺らの誰も、未成年に見えませんよ」

吸わなきゃやってられるかと、十六歳にして堂々とした手つきのまま、赤丸のついた箱を長い指が振る。その拳《こぶし》にも傷があるところを見るに、受けた分だけはやり返してきたのだろう。

「あんのクソ親父、全共闘の生き残りかなんか知らねえけど、官憲死すべし！　って空気びんびんで。いつまで安保引きずるつもりなんだか」

「……声が大きいだろう、島田」

低い声で那智が咎めたのは、この街では公然の秘密である代議士の過去についてだ。

学生運動の闘士であったことは、島田の父が属する共産主義を掲げる政党にあってもやはり、マイナス点になりかねない。那智ら若い世代には実感はないが、連合赤軍の汚名が消えるほどにはまだ、大人たちの時間は経《た》っていないらしい。

「やってらんないっすよ。けっきょくは自分がいまは『そっち側』に立ってることだって、ほんとのところわかってないんじゃねえのかね」

実際には相当に左にかぶれている名士の野望は、形骸化する自衛隊の解散で、それが若いころにしたたかゲバ棒で殴り合った怨恨からというのが、ひねた息子の言い分だ。

ひやりとするような口調で吐き捨てる空気に耐えかねたのか、村瀬がひとのよさげな顔であきれたように問いかける。

「ったって、おまえこそなんで、そんなに刑事になりたいんだよ」

「ええ？　かっこいいじゃん、あぶない刑事《デカ》。俺、ユウジよりタカがいいなあ」

しかし返ってきたのは脱力するような返答で、どこまで本気なのだかと那智はこっそり苦笑した。

「おまえは『あぶデカ』より、『トミーとマツ』だろう」

「ふっる！　しかもカッコ悪！」

混ぜ返した村瀬に口を尖《とが》らせる島田は年相応に見えて、微笑《ほほえ》ましい。

将来への展望がテレビドラマの影響というのは、剽《ひょう》げた男にはじつに似合いと那智が片頬で笑っていれば、しかし彼はずっと声を低め、煙を吐くふりでうつむいたまま言った。

「それよっか……先輩はまたお目付つきっすか」

「目敏《めざと》いな」

「まあそりゃねえ……あれですし」

いくらふつうを装っていても、組関係のものはその目つきでわかってしまう。おまけに図書館にいかにも不似合いな、赤茶けた髪にケミカルウォッシュのジーンズ、派手なアロハシャツでは目立ちすぎた。

べつの意味で、長身におそろしく端麗な顔立ちの那智もまた目立っているのだが、色素から色味の違う彼の纏う真っ白なコットンシャツにブルージーンズは涼しげで、およそこれが『あの』鳥飼組とは結びつくはずもない。

那智の住まう区域からはすこし離れた場所にあるこの図書館は大きく、地元民は近場にあるほうをよく利用するため、こちらではそういった意味での注目を集めることは少なかった。

だからこそ、気兼ねなく利用することもできたのだが、さきほどから那智たちが移動するたびにへばりついてくるあの男の存在で、それも危ういかとため息がこぼれた。

「……場所、変えるか？」

気づいてしまえばなんとなく白けた気分で、喫茶店にでもいくかと三人は立ちあがる。

「ところで那智、今年の夏はどうする？」

「夏期講習にでようと思ってるんだが……」

「やっぱ狙いは赤門か」

ぶらぶらと歩きつつ、来年に迫った進路についてつらつらと話していれば、島田がけっと吐き捨てる。

「勘弁してくださいよ、俺この間受験終わったばっかですよ……どっかほら、旅行とかいきません？」

「旅行だぁ？　どこに」

「近場でいいからさー、一泊二日くらいで。海とか行きてぇー！」

吠えながら伸ばされる手足の伸びやかさに、たまりきったフラストレーションを感じる。島田ほどの軽やかに映る青年にも、屈託がまるでないわけもない。そうと知れることはどこかしら、那智には哀しい。

「俺は……どうすっかなあ」

つぶやいた村瀬の声にもまた、惑いのようなものが透けて見える。代々町医者として務めてきた彼の家では、その小さな診療所を護《まも》ろうとする祖父と、大きく広げたいと大学病院勤務になった父親との確執が深い。

それぞれが、家のなかにある軋轢《あつれき》によって疲弊し、抗おうとあがいているのがわかる。

若い頬に漲《みなぎ》る行き場のないエネルギーは、なにか見えないちからに強く殴られたかのような痛みにひりひりと張りつめている。

さりとてそれを、どう生かすべきなのか。踏みだした先に本当に、自分を最大限高めることのできるような、そんな人生は待っているのか。

瞑目《めいもく》したまま見あげる空は、赤く光るばかりでなにも、答えをくれない。

＊　＊　＊

梅雨があけ、七月にはいると猛暑はさらに厳しいものとなった。

あの日図書館で借りた大江健三郎は、何度か借り直してなお、読破できていない。

期末試験を終え、全国模試の結果とあわせての面談では、おそらく那智の成績であればどこの大学でどんな学科であれ、現役合格間違いなしだろうと担任は語った。

「問題があるとするならば——家のほうは、どうなんだ」

木訥《ぼくとつ》な話し方をする老齢の担任は、特殊にすぎる事情を持つ那智に同情的で、三者面談のはずであるのに傍《かたわ》らには保護者の姿のない青年を、哀れそうに見やった。

「とくには、なにも——」

このところ不気味なまでに口だしをしてこない父親の面影を無理矢理に脳裏の奥へ押しやり、抑揚のない声で答えれば、そうか、と担任はうなずくのみだ。

もしも那智自身がなにを望もうと、そうして目の前の教育者がどれほどに惜しもうと、飛火野蓮治がひとたび動けば、簡単になにもかもが握りつぶされる。

この進路調査に、形式的な意味以外のなにもないことを、お互いが知り抜いていた。

「九月にはまた、模試がある。そのときまでに、方向を決めて」

「わかりました」

言葉少なに放課後の面談を終えると、暑いなあ、と小太りの男が額の汗を拭く。そうして、退室しようとする那智の背中に、ぽつりとした言葉がかけられた。

「ちからが、なくてな。――すまないな」

「いえ」

その言葉を発するのが精一杯の初老の男に、なにかを負わせるつもりなど、元から那智にはなかった。誰かによって救われるほどに、ぬるい境遇でないことは、誰よりも知り抜いている。

「お言葉だけで、充分です」

情をかけられるだけ、せつない。それでもあえて、言葉を投げた指導者の気持ちを無下にはできないと答えれば、夏空に溶けるようなため息だけがこぼれた。

「先に終わったぞ」

「おう」

いれ違いにのっそりと腰をあげた村瀬の隣には、いかめしい顔の、しかし小柄な老人がいる。彼の祖父で、那智が見知ったその皺《しわ》だらけの顔にそっと会釈《えしゃく》をすれば、にたりと笑った。

「蓮治の息子か。でかくなったな」

「じじい……」

反応したのは那智よりもむしろ村瀬のほうで、そのひとを食ったような老人の笑みに、那智自身は表情をあらわにしなかった。

「おかげさまで。先生もお元気そうでなによりです」

「ほっほ。挨拶だけはいっぱし」

この街に住んで、那智の父の名前を呼び捨てにするのはこの小柄な老人くらいのものだろう。

その昔、青かった蓮治の腹に埋まった短刀の切っ先を掘りだしてやったのがこの痩《や》せた老人だからだとはもっぱらの噂だが、当人たちは口をつぐんでなにも言わない。

けれどそんな噂がでるほどに、村瀬医院ではけっして、外来患者を拒まない。どんな事情があれ、どんな身元であれ。手に負えないほどの重傷者であれば大きな病院への紹介状も書くけれども、門前払いだけは食らわせない。

それが町医者だと、現代の赤鬚《あかひげ》はからりと笑うが、そのおかげで助かってしまったやくざ者も少なくないのだ。

笑みを浮かべれば皺のなかに埋没しそうな小さな目の奥だけが鋭く、身長で言えば那智の半分ほどの体軀に気圧《けお》されまいとその目を見返せば、ほっと息をついた老医者は、周囲に聞こえないようにそっと声音を落とした。

「……なんだか、校門に車が来とったぞ」

「そうですか」

きな臭いのう、とつぶやく声の低さに、照り返す西日さえ一瞬冷たく凍るようだ。粟立《あわだ》った肌を気取られぬよう那智も目を眇め、会釈したのち歩き出す。

（いよいよか……）

さんざんに島田が海だ海だと騒ぐので、その夏の休みにはどうにか、村瀬の知人がいるという江ノ島の海の家にアルバイトを兼ねて旅行することが決まった。

夏中をアルバイトに明け暮れるのはいやだと島田はごねたものの、自宅にいるのが気詰まりなのは三人の誰も同じで、七月の半ばにはその話はほぼ決定となっていた。

けれどその約束も、反古《ほご》にせねばならないかもしれない。

「――お待ちしておりました」

いままでけっして、この黒塗りの車で学校まえに乗りつけたことのない工藤の姿に、せめてもと願った平穏が遠く、去っていく予感がある。

「親父が、是非にとも夕食をご一緒したいとのことです。お乗りください」

背後に感じる、下校中の生徒たちの好奇心と嫌悪にあふれた視線を受け止め、那智は薄い唇をかたく結んだ。

「……乗らなければ、どうなる？」

「力ずくでも」

那智の青い瞳が燃えあがり、しかしそれは一瞬で消える。

「騒ぎにはしたくない」

「では、どうぞ」

ひろびろとしたベンツの車内に乗りこんで、後部座席に座れば、鬱屈《うっくつ》のあげくのため息がこぼれていった。

このところ連日、本宅のほうが騒がしいようだと那智に耳打ちをした工藤の声のなかに、切羽詰まったようなものを感じてはいた。

そうして、だというのにいっさいの呼びだしをかけない父の態度に、これが嵐のまえの静けさと悟っていたことが、この際なんになると言うのだろう。

いずれにしろ那智に抗《あらが》える術《すべ》はなく、みっともなくあがくだけのちからもない。

それでも、目の前の男を睨みつけることが、いまできる精一杯の反抗であることが、たまらなかった。

冷気に満ちた車のなかに、逃げ場などない。せめて思考に沈むことだけが、那智に許されたたったひとつの逃避であった。

＊　＊　＊

連れていかれたさきは、神楽坂《かぐらざか》にある料亭だった。

「工藤から、聞いた。この間の模試では、一位を取ったそうだな」

目付役の報告はすべて耳にはいっているのだろう。那智自身でさえ気づかないようなプライベートを把握しているのが『親のつとめ』と信じる男は、にこにことそのたるんだ頬をゆるませている。

「恐れいります」

短く冷たく答え、塩のふられた焼き魚に箸《はし》をつけた。上等なそれであるだろうけれど、この男との会食の際にはいつも、那智の舌は痺《しび》れきって、味覚を衰えさせる。

「きょうは、なんだ？　面談だったらしいじゃないか」

「お忙しいところにお呼びだしをかけても、迷惑かと思いましたので」

生麩《なまふ》のはいった吸い物を口にして、これも淡々と答えれば、つまらない、といった顔で蓮治は嘆息した。

無視して、蛤《はまぐり》のぬたを口に運んだ那智は、ひどく機嫌のいい顔をした目の前の男を盗み見る。

彼は彼なりに、那智を気にいってはいるのだろう。愛嬌もあり、いちいち言動が大げさで、ひとの心を摑むに長《た》けた、話術と声音を持ってもいる。

かすかに残っている関西混じりのイントネーションは、彼の出身地であったという畿内のものだろうけれど、それがまた人好きのするあまさを蓮治に与える。

ぱっと見ただけでは、那智の祖父と見られるだろう年齢の男は、かつては整った面構《つらがま》えをしていた面影がある。

笑みを浮かべればまだ壮年の力強さを持ち、だからこそ若かった母親もだまされたのだ。

しかし、その悪行と、精神のみにくさのすべてを幼いころから見知っている那智には、どれほどに好々爺《こうこうや》を装うにもむずかしい。

「おまえはほんっとに愛想がないなあ」

せっかくこんなにかわいがってやっているのに、と大仰に嘆く男へ感じる嫌悪を押し殺して、しゃっきりとしたウドを噛みしめ、那智は箸を置いた。

「きょうはなんのご用でしょうか」

「だから、聞いておるじゃあないか。おまえ、進路はどうするのだよ」

てっきり、また跡目がどうだという話を振ってくるのかと思っていた那智は、あまりにも当たり前の親のようなことを問う蓮治に、つと眉をよせた。

「どう、とは？」

「だから、大学にいくのだったら、どっちの方面にいくんだね。ああ、俺は学がないから、むずかしいことはわからんので簡単に言ってもらえると助かるんだが」

なにを言っているのだろう。いっそあっけに取られたまま那智が言葉をなくしている様子を、なぜだか蓮治は満足そうに見つめた。

「急に、こんなことを言うてもな。いままでがいままでで……信用もされんと思うが」

（なにがあるんだ）

この動揺の隙《すき》につけこまれるな、と喉《のど》を上下させ、砂を嚙むような気持ちで鯛の刺身に箸をつける。

「俺ももう、年だ。もうすこししたらなんだか、……なんだっけかのう、工藤」

「暴力団対策法施行です」

「そうじゃ、それ。そういうのんがあって、うえからもいろいろ言われるだろうし……いつまでも、組じゃあ筋もんじゃあって気取ってもおれんだろう」

ほっと肩で息をして、冷酒を呷《あお》った頰にはたしかに、疲れのようなものが見て取れる。しかし、そんな理由でいまさら、真人間に戻ろうなどと告げる男だろうか、この、飛火野蓮治が。

（なにかが——）

　おかしい、と思いながらも、最初の驚きで気づかぬまま、蓮治の話術につりこまれていく自分を知った那智は焦る。

「……おまえには、嫌われてるし、のう」

　しょんぼりと肩を落としてつぶやくそれに、流されるなと警鐘が響く。それでも、なにを問えばいいのか、なにも問わずにやり過ごせばいいのか、所詮《しょせん》はまだ十七の青年でしかない那智には、なにも浮かばない。

　そうして、白くなりはじめた思考のなかに、深く響く蓮治の声がまっすぐ、響いてしまった。

「組のほうはもう、継げというのは、あきらめた」

「えっ……」

　まさかの言葉に顔をあげれば、見たこともないやさしげな表情で笑う男がいる。

「どっちにしたっちゃあ、数年後には解散命令がでるんじゃろう。そんなもの背負わせて、これ以上おまえにいやわれたぁないし……」

　その瞬間、どうしてか縋《すが》るように、那智は工藤を見てしまう。しかしその冷たい顔にはやはり、なにも浮かんではいない。

　狼狽《ろうばい》に肌が冷たくなる那智に、朗々とした蓮治の声だけが浴びせられていく。

「もともと、戸籍っちゅうても……姓も違う、認知しとるだけで、俺とおまえのつながりなんぞ、なんもないようなもんだ。どうこういう、資格もないし……好きなように、してええさ」

「そ、……」

指が震える。本当に、そうだろうか。本当に自由になれるのだろうかと、渇望して、だからこそ、願うことさえ忘れていた事柄が那智を悪戯《いたずら》に混乱へと導いていく。

「ただな」

固唾《かたず》を呑んだ息子へ、ひとつだけ条件があると言うその声の奥に、忌み嫌ったあの、毒の強い響きがあることを、うっかりと那智は聞き逃してしまった。

「ひとつだけ、この年寄りの言うことを……いや、頼みを、聞いてくれんかな」

「……なにを……？」

問い返したその声はもはや、言葉を受けいれたも同じだった。

「無茶は言わんさ。ただ……俺が死んで、おまえが年を取って、この親父のことをなんもかんも忘れてしまうのが、哀しいだけでな。それにおまえを手放しても、周りは納得するかどうか……」

「だからいったい、なにをしろと言うんですか」

なによりも、ひとのいちばんやわらかな情に訴え、そうしてそれを食い物にするのが手口と、知り抜いていたはずの那智をして、取りこんでしまおうとするちからがある。

それが、飛火野蓮治だった。

「肩に……いや、背中でもいい。墨をいれてみんか」

思ってもみない条件に、那智はただ目を剝《む》くしかない。そこに畳みかけるように、いや、いや、と蓮治は手を振ってみせた。

「墨っていうても、そんな大仰なもんじゃない。ほんのかわいい……そうだなあ、桜の紋を、ちょいといれるくらいのもんだ」

「ばかなことを……っ」

それがいったいなんの条件になるというのかと、那智は席を蹴って立ちあがる。

「──怖いのか？」

その激昂《げっこう》のタイミングを見計らったように、からかいを含んだ声が蓮治から投げつけられる。工藤のそれならば受け流すことができた那智でも、このいま向けられた声音の嘲弄《ちょうろう》を、許すことはできなかった。

「いい目をする……本当に、惜しい。……惜しいが」

ぎりぎりと睨《ね》めつけたその視線を、むしろ楽しげに受け止めて、蓮治は吐息混じりに言った。

「この酔狂につきあうだけで、おまえも……それから、綾乃《あやの》も。解放してやると言っとるんだ」

悪い話ではないだろう、と笑う男の顔が、ぐにゃりと歪んだ気がする。

「聞けんのなら、話はこれまで」

そうして、あっさりと打ち切られた会話に、脚が震えた。

(本当に？　本当に？　本当に……？)

そんなことだけでいったい、この男にはなんの得があるというのか。酔狂、たしかにそうだろう。

蓮治は趣味人ではあった。古美術や刀剣だけでなく、漆《うるし》の蒔絵《まきえ》などにはひとかたならぬ愛着があって、幼いころに自慢げに見せられた数々の美術品はそこいらの成金よりも品揃えがよく、そして高価なものではあった。

その中でも、輪島で作らせたという重箱がとくに印象深かった。

どこから図案を持ってきたものか、古めかしく姿のいい大型帆船が四段重ねのお重の外側に螺鈿《らでん》でうつくしく飾られ、いっとき目を奪われもした。

しかし、その中にあるなかぶたを見た瞬間、幼い那智はぎょっと目を剝いたのだ。

ピラミッドのなかに、不気味な目玉のデフォルメされた図案。意味はわからないまま、ただそのおぞましいような絵面にぞっと肌をそそけ立たせれば、その反応をこそ望んでいたように蓮治はにたりと笑った。

――おもしろいだろう。こんななかに、こんなものがあるなんて、わからんだろう？

それがかの悪名高いフリーメーソンのシンボルであると知ったのは、もうずっとあとになってのことだ。

あの秘密結社へ、思想的に蓮治がかぶれていたわけもなかろうけれど、そんな禍々《まがまが》しいものをこうしてうつくしい工芸品で作らせ、悦にいっているその趣味の悪さこそに、幼い那智はおそろしさを感じた。

「どうだね、正吾」

それと同等の悪趣味さを、いまの蓮治の言葉に感じる。

むざむざと、傷のない肌に一生消えない絵を彫れと、たしかにこの男の言いそうなことではあった。その酔狂に、どれほどの金をかけても――損失があっても、かまわないという部分があることも、知っている。

だからわからない。はかりしれない闇をその目の奥に沈ませた、血のつながりのあるこの男のことが。

「俺が死んだら、消してもかまわん……ただ、そこに、おまえの肌身に、俺という男のいたことを、残したい」

それだけだ、とつぶやく力ない声に、だまされるなと叫ぶ内心の声はもはや、那智に聞こえない。

乾ききったまぶたと、渇ききった喉をゆっくりと、渾身のちからでもって瞬《しばたた》かせ、動かす。

「本当に……？」

ついにはこぼれ落ちたその声は、振り向かないままに蓮治のもとへと届けられた。

冷酒を舐《な》める、そこだけは那智によく似た酷薄な唇が、嗤いの形に歪んだことも、知らぬままに。

＊　＊　＊

七月の終わり、長い休みをまえに校内から消えた那智の姿について、口にだして詮索するものの姿はなかった。

あの涼やかな異分子について、畏怖とある種の憧憬《しょうけい》をもって眺めるものは多かったが、詳細な事情を知るものは逆に少ない。

あるのはただ、口にすれば彼を貶めるような黒い噂ばかりで、だからこそ誰もが那智の行方《ゆくえ》について口にできないことを、どこまでも腹立たしくもどかしく感じている青年がいた。

「……休みになったら、旅行にいくつってたのに」

「ぼやくな」

長い手足を投げだし、屋上の片隅でつぶやいた島田へ、村瀬もまた重い口調を隠せないまたしなめる。

「だっておかしいっすよ！　家にもいないって言うし、いったさきはわからねえっていうし！　おばさんだって、なんか変におどおどして……」

　それはいつもか、と島田は吐息する。

　那智のあのうつくしさがどこからくるのかを知らしめる母親、綾乃のほっそりとした美貌は、いつでも哀しそうにうつむきかげんだ。

「警察とか、調べてくんねえかなあ……」

「無駄だろ。第一、俺たちが口だしたところで、どうにもならんだろ」

　家族間の問題には、警察は口をだせない。また、民事不介入というだけでなく、あの家の事情を考えても、公的機関が素直に動いてくれるとは思えないうえに第一、本人の『家族』自体がそれを望むわけもない。

　実際に、学校に届けられた長期の休みの理由は『病欠』だ。しかし、それがいつまでのことであるのかも、その詳しい内容も、知らされていない。

「那智さん、どうなっちゃうんすかね」

「……俺が知るかよ……っ」

　フェンスを殴りつけても、痛むのは拳ばかりだ。知りながら、それでもやるせないと荒く息をつく村瀬の広い背中に、島田はただため息をついた。

＊　　＊　　＊

島田たちの案じる気持ちを慮《おもんぱか》る余裕もなく、那智が連れていかれたさきは、寂れた一軒の家だった。平屋作りの日本家屋はすでに屋根瓦《がわら》もぼろぼろで、荒《すさ》んだ景色に呆然《ぼうぜん》となる。夜半のうちに車に乗せられ、うねった道をゆられ続けたため、ここがいったいどこであるのか那智にはわからない。だが、その移動時間から考えても、いいところ東京都下のいずこかでしかないだろうとは察した。

あきらかに郊外の一角であるそのあたりは、ずいぶんな田舎で、周囲はうっそりとした木立が繁っている。早朝に、目を覚ました虫たちがじわじわと鳴き始め、降り注いだその音の激しさに、都会育ちの那智は不思議な気分になった。

朽ちた竹垣の様子からも、どうやらこれはふだん使われている家屋ではないらしいと感じたが、そんな感慨を覚えている場合ではないことを、工藤の声に思い知らされる。

「こちらへどうぞ」

なかにはいれば、一応の掃除はされていたらしく、黒光りする廊下は埃《ほこり》ひとつ落ちてはいなかった。しかし、玄関以外は雨戸さえも閉めきった家屋のなかには、なにかよけい饐《す》えたようなにおいが漂う。

腐りつつある樹木のにおいにも似たそれにかすかに顔をしかめながら工藤のうしろへと続

けば、案内された座敷には、数人の屈強な男とそして、ひどく背中の丸い、痩せた男がいた。黒い服を纏った厳つい連中には見覚えがあった。蓮治の本宅によくつめている者たちで、しかしその中央に鎮座する男には見覚えがない。

部屋は広く、二十畳はあるだろう。いっさいの飾りのない部屋で、床の間にはこれも破れかけたような日本画と、なぜかは知らないがオニユリの花が飾られていた。

襖《ふすま》で仕切られた向こうにはもうひとつ、部屋があるようではあったが、それへと視線を流した那智の意識を阻むように、声があがった。

「彫《ほ》り辰《たつ》、と申します」

作務衣《さむえ》に身を包んだ男が名乗り、拳を握ったままに畳のうえで一礼する。これが、と那智が目を瞠《みは》ったのは、彫り師という職業にイメージする、荒んだ気配が薄かったからだ。

澄み切ったまなざしで那智の顔からその身体《からだ》をじっと眺めた彫り辰は、ふっと満足げにその、柔和な顔をなごませる。

「なるほど……鳥飼さんが見こまれるわけだ」

なんのことか、とはわからないまま、まずは那智も腰をおろす。そのまえに、小さな文机《ふづくえ》と、そのうえに載った証文のようなものが運ばれてきた。

「これは……？」

「本来あなたは未成年だ。こうしたものをいれるには、はっきり言ってあたしも」

那智の問いに答え、こうなるもんで、と古めかしい仕種《しぐさ》で両手首をあわせ、うえに掲げてみせたのは彫り辰だった。

「ま、どこまでの言い逃れができるか知れませんがね……一応、お父上とあなたに了承をいただいておきたいと」

書面の内容を読みとれば、そこにはこの刺青《いれずみ》をいれるにあたり、自己の意思でおこなったことや、彫り辰にはいっさいの咎がかからないようにするということが、箇条書きで記されている。

すでにあの父親は承諾をしたらしく、勢いある筆文字の署名と、ご丁寧にこれは実印だろう、赤々とした朱肉の判を押されている。

「拇印《ぼいん》でかまいませんから」

その仰々しさにも、およそ考えていたよりも大仰なこの事態にも、粘った冷たい汗が那智の背中を流れていく。

(本当に……いいのか?)

どうぞと差し出された赤い朱肉に伸べた指を、那智は戸惑うように浮かせる。

このまま、これであの男の言うことを信じたまま、本当に一生消えないものを背負っていいのだろうか。

そう考えた矢先、あの甘ったるいようなにおいが鼻先で強く薫る。

逃げ場を探すように目をやれば、部屋の隅に置かれた香炉から、煙が立ち上っていた。

「さ、どうぞそこに」

その香りを強く意識した瞬間、なぜだか那智はその赤いぬれぬれとしたものへ指をふれていた。介添えをするように、いそいそと彫り辰がその手首を掴み、証文のうえへと押しつける。

(なんだ……どうして)

頭に霞《かすみ》がかかっていく。思考が次第にさだかでなくなり、朦朧《もうろう》としはじめる。

セミの声が、またひどくなった。しゃわしゃわと、何百と忙《せわ》しなく羽音を立てるそれが、渦を巻いて那智を取りこみ、耳さえも遠くする。

「慣れてらっしゃらないんですねえ……しかたないか、まだお若い」

柔和な、彫り辰の顔が、ゆわんと歪んだ気がした。穏やかな笑みを浮かべていた気のする口元が、耳まで裂けたように映ってぎょっと目を剝けば、次の瞬間にはまた、あのひとのよさそうな顔立ちがある。

「……なにを」

唇を動かすのに、おそろしいまでの気力がいった。正座していた身体を起こそうとして、しかし痺れきった脚がすこしも、動かない。

どころか、肩の先になにか、圧倒的な重みがかかって、那智をそこから立ちあげまいとしているかのようだった。

「香ですよ。さすがに、ぼかし彫りまでやるにはちっと、正気じゃあきつくありましょう」

「ど……いう」

わんわんと、目の前が歪んでいく。閉ざされ、古めかしい日本家屋には、天窓からの光以外届かない。

うっそりと暗いはずのその部屋で、一輪のオニユリばかりが毒々しい朱を見せつけ、遠くにあるはずのそれがなぜか、目前に迫っては視界をふさぐ。

「脱がせて差しあげてくれなさい」

「は」

彫り辰を取り囲んだ男たちが、その声を合図に立ちあがる。よせとも、やめろとも言えないまま、舌のつけ根が痺れるような違和感に那智は呼気を荒くした。

(なんなんだ、なんなんだ……!?)

夏服を脱がされるのは容易《たやす》く、伸びやかな手足はあっというまに一糸纏わぬ姿にさせられる。そうして、ぽんと手を打った彫り辰の合図と共に、奥の襖が左右に開かれた。

そこには、ひと組の布団とそして、さまざまな形の壺《つぼ》、木の軸にはまった針が、整然と並べられている。

乳鉢と、いくつかの顔料の粉のようなものもその傍《そば》にはあって、あまりの種類の多さに、これは、と那智は叫んだ――つもりだった。

「……こ、……は」

実際にはかすれた、喉を鳴らすかすかな声が漏れただけだったが、その唇の動きを見て取り、作務衣の男は目を瞠る。

「おやおや……まだ声をだしなさるか。気丈なひとだ」

感心したように告げた彫り辰の声を、那智はうつぶせに横たえられた布団のうえで聞く。青く燃える瞳で、せめても睨みつければ、ふっと吐息した彼はその視線になぜか、目を伏せた。

「まっすぐな目を、しなさるね」

「……っ、どう、……っ」

ひやり、と背中にふれたのは上質な筆の穂先だった。ためらいなく描かれていく下図は、およそ蓮治の言ったようなかわいらしいものではないことなど、さすがにわかる。

「本当は気が進まなかったんだが……あなたを見て、どうしてもこれをと言った、親父さんの言葉がね、わかってしまったんですよ」

意識は霞み、うまく話すことができないのに、五感だけはひどく鋭敏で、本来なら最も鈍くあるはずの背中に描かれる図面を、那智はまざまざと『視《み》た』。

「夜桜だ。真っ黒ななかで真っ白に、きれーいに咲くんですよ。あなたにはそれ以外にない。

そうして……この絵を、受け止めきれるのも、あなたしかない」

酔ったように告げる男の前身が、日本画の大家と呼ばれる画家の愛弟子《まなでし》であったと、那智が知るのはもうずっと、あとのことだ。

肌に描く、その邪道の絵に魅《み》せられ、破門をされたあと、幾多の男たちの肌に墨を刺した針を、それと同じほどに細めたまなざしで彫り辰は見つめる。

暗く塗りつぶされていく視界のなかで、蓮治の楽しげな笑いを、聞いた気がした。

その最初のひと針が落とされた瞬間、すでに那智は悲鳴さえもあげることがないまま、その青い視線をただ、うねるオニユリの朱と黒へと注ぎ続けたのだった。

＊　＊　＊

それから、那智の苦痛の日々は、二カ月になんなんとするものになった。

ひろびろとした背中から腰にかけての図案は、闇のなかに浮かぶしだれ桜。その背骨から肩胛骨《けんこうこつ》にかけて、ゆらりと風に揺らぐ儚《はかな》い花を、篝火《かがりび》が下から照らし出すという、彫り辰のオリジナルの絵はおそろしく細かいもので、その分だけ手数が必要になるのは当然だった。

筋彫りと言われる、輪郭線を彫りあげるまででまず半月。

けれどももう、最初の一日目でそのおおかたは彫りあげられてしまっていた。

逃げようという気持ちさえも、那智にはすでになかった。初日、といっても、実際にはまる二日をかけて執念深く作業を続けた彫り辰のおかげで、文字通り血を噴く激痛は身体中のちからを奪った。

そうしてまた、あの香だ。日がな焚《た》かれ続けるせいで、明確な意識を奪い去ってしまう。いっさいの悲鳴も苦痛の声もあげることのなかった那智は、その作業工程において二回だけ、喉が裂けるような絶叫を漏らしたことがあった。

ひとつは、色揚げのときだ。

彫ったばかりの疵痕《きずあと》に、色素を定着させるため、まだなまなましく腫れたその肌身を、通常でもつらいほどの湯につけさせられる。

手足を屈強な男たちに押さえつけられたまま、地獄のような熱に沈められ、端整な唇からは獣のような咆吼《ほうこう》が響いた。

そうして、もうひとつ。

筋彫りが終わり、いよいよ色を載せるという段になって、なぜか部屋のなかには、ガウンを纏った女が現れた。

「……？」

長く続いた苦痛に、若々しい精気を奪い取られたような那智の顔のなかで、それでも気力を失わずにいるのは瞳だけだった。目顔で、今度はなにが起こるのかと彫り辰に告げれば、体力のいる仕事をこなしているだろうに、那智とは正反対に日に日に血色のよくなる男はにやりと笑う。

「色は、色。それがあたしの流儀でしてね……」

それだけをつぶやき、軽く手を振ってみせれば、表情もないままにその女はうなずき、はらりとひとつしかなかった衣服を脱ぎ捨てる。

（まさか）

ふだんなら自分が横たわるその場所へ、しどけなく仰向《あおむ》けになった女を眺め、かっと目を見開いた那智もまた、手足を押さえこまれたままに重ねられた。

「きょうはちっとばかり、我慢のしどころですよ」

「……ざける、な……っ！」

裸の両脚を広げられ、ふだんなら激痛に暴れるのを押さえるためにいる男が、股間をまさぐってくる。そうしてまだ、勃起すらしていない性器を摑まれ、那智は精一杯のちからを振り絞って暴れた。

「ばかやろう！　きちんと押さえねえかい！」

「はっ」

そうして四人がかりで身動きを封じられ、しかたのないと嘆息した彫り辰は、あの香炉を鼻先に近づけてくる。吸いこむまいと顔を逸らせば、なぜかそのすらりとした指は那智の鼻と口をふさいだ。

「うぐ……っ！」

そうして、呼吸が限界までつらくなったと見てとるや、その見た目に反して強い指を離す。瞬間、咳《せ》きこみながらも思いきり、その妖《あや》しい香りを吸いこんでしまった那智は、尋常でない熱が身体を駆けめぐるのを知った。

（なんなんだ……これは）

いままでの比ではなく、身体が重くなる。くたりとちからが抜け、そのくせにそのもどかしい四肢のなかで、中心だけが異様に張りつめるのがわかった。

「じぃーっとしてなさいよ、じぃーっと……」

本当なら鈍らせたくはないんだが、とつぶやいた彫り辰の言葉どおり、この日背中に感じる苦痛は、ふだんのものに対してずいぶんとぬるい気がした。

「ん、う……っ」

かわりに、ねっとりと濡れた、あたたかい場所に包まれた感覚だけが鋭く、そのあまりの快さにうめき声が漏れていく。

ぼんやりと濁った視線を向けたさきには、こまめに取り替えられているのか、オニユリの花が咲いている。

その花弁に、あまいにおいに包まれるようにして、どろどろと溶けていく、そんな気がする。

きつく押さえつけられているため、那智は身体を動かすことはできなかった。身体の下にいる女も、心得ているのだろう、いっさいの身じろぎはしないままだ。

しかしその膣だけを、複雑におそろしくなるほどのこまやかさでうごめかせ、ひたすらに那智の快楽を引き延ばそうとする。

「ださせるなよ……ずうーっとだ、そのまんまだ」

彫り辰の声に、はい、と花がしゃべった。毒々しい赤い花弁が揺れて、それがどこか那智を哀れんでいるようにも思えた。

ぼかし彫りと呼ばれる、和彫りで最も苦痛の激しい手法でもって、根気よく図案は彫られていく。いっそ執念じみたその手に、那智の自我も、その矜持《きょうじ》も、なにもかもが塗りつぶされていくようだ。

はたり、とその背中になにか、水滴が落ちて、彫り辰の汗と知った。そうして虚《うつ》ろに、那智は嗤った。

空虚な、壊れたような笑みは、ただひたすらに針を刺す男にも、じっと那智の身体を縫い止める花にも、認《ぎょうそう》められることはないまま消えていく。

鬼のような形相で、桜を描く彫り師と、花のような女に抱かれたまま、那智は混濁する意識のなかにただ、さまよい続けたのだ。

すべてが終わり、那智がまともに身体を起こすことができるころには、すでに夏は終わっていた。

＊　＊　＊

それどころか、受ける予定であった全国模試の日程さえもすでにすぎ、愕然《がくぜん》としたままの身体を起こすとそこは、白宅の寝室だった。

ひさしぶりに衣服を纏えば、なにか窮屈なような気持ちさえした。そうして、ふっと視線を巡らせたさきにある姿見のなかに、憔悴《しょうすい》した幽鬼のような男が映って、あれは誰だろうとぼんやり思う。

虚ろな目のまま、ひとまわり痩せた指を頬に這《は》わせれば、同じ仕種を鏡のなかの男も真似《まね》た。なにものだろうと考えたのは一瞬で、その絶望を絵に描いたような顔が白分自身であると知った瞬間、那智は愕然とする。

震える指で、誰かの手によって着せられたただろう寝間着を脱げば、記憶にあるよりもやはり落ちた筋肉と、尖った肩の骨が見えた。

「……っ」

軽く、身をよじり、その肩先にあきらかにあの、彫り辰が手がけた刺青が鮮やかな色味で存在するのを知った瞬間、那智の拳は鏡を殴りつけていた。

「……っはは」

拳から流れる血が、ひび割れた鏡面のなかで嗤う若い男を赤く染める。

こういうことであったのか、と那智はひとりごちる。

「こんなものを……こんな、ものを……っ！」

人前でおいそれと、服を脱ぐことも、薄着をすることもできないような、背中一面の、刺青。これがある限り、那智は一生、まともに光のあたる世界で生きていけるはずがない。

「あの男……っ」

けっきょくあの男は、解放するつもりなど最初からなかったのだ。抗い、どうにか逃れようともがく那智を、自分と同じ場所まで貶め、そうして二度と、その手からすり抜けることのないように、肌一面におのれの執着を彫りこんだ。

蓮治の高笑いが聞こえたようで、血塗れた手をそのままに、那智は耳をふさぐ。

「っは……はは、ははっはあはははは!!」

おのれの浅はかさ、そしてあの男の狡猾《こうかつ》さを思い知らされ、絶望のあまり笑いがこぼれたことを知らぬまま、壊れたように那智は嗤った。

「ばかじゃないのか……なあ、ばかじゃないのか俺は……っ!?」

問いかけたさきの鏡は、同じ動きで唇を動かす男を割れた面の数だけ映し出すのみだ。

割れたガラスを、何度も那智は叩いた。拳の数だけしぶいた血が真っ赤に鏡を染め、しかしその端に、血の朱とは違うなにかを見つけて那智は振り返る。

「ああ……」

おそらくは、母の綾乃が、目が覚めたら剥いてくれるつもりであったのだろう。塗りの盆のうえには皿と、熟れた林檎《りんご》があって、その滑稽なまでに日常的な盆のうえの光景にも、ひきつったような笑いがこぼれる。

「母さんは……また……」

逃げることも、その意志さえもなくしたまま諾々《だくだく》と生きるばかりの母親は、那智にさえもろくろく近づこうとしない。風邪などで伏せった折りに、そっと傍らに膝をついて、林檎を剝くことだけが、彼女の示した母親らしい事柄だ。

そうして、こんなときまでもこれかと思えば、笑えて笑えてしかたない。息子の背中に刺青をいれられ、それで憤ることもできないままにただ、あのひとは林檎の皮を剝くのだ。

「こんなもの……っ」

だが、その笑みが、蹴り飛ばした盆のうえにあったナイフに気づいた瞬間にふっと、凍りついた。

皮を。

赤く濡れぬれとした皮を、このナイフで。

衝動的にただ、そのことだけが頭に浮かんで、那智はその小ぶりな果物ナイフを手に取る。

磨きこまれた刃は、歪んだ青年の顔を映しだした。あるいはまっすぐな反射をしたところで、いまの那智にはその像を結ぶことなど、できなかっただろう。

もうセミは鳴いていない。それでもあの日、頭上からわんと降り注いだあの、ノイズのような響きだけが那智の聴覚を埋め尽くしている。

がくがくと震えた手の甲から滴った血が、その刃を一筋、流れ落ちる。

瞬間、腕を振りあげるのにもう、迷いはなかった。

「い、——…っ!!」

肩に突き立てたナイフは、がつりと骨をはじき返す感触があった。痛みにぐらりとしながら、それでも延々と針を刺されたあの苦痛を思い返せばたいしたことではないとさえ思えた。

「——…っぐ」

みちり、と肉を裂いて、鋭く光る刃は肌を滑っていく。もうすこし下に、と思うけれどもねじった腕の角度と痛みに、うまくいかない。

「っあ!」

円を描くように肌を切り、そこが限界だった。短く叫んで、しぶいた血ごとナイフを取り落とし、たった今みずからの手で裂いた肌に、荒いだ息をこぼした那智は手をかける。

「は……っ、くぁ……っ」

那智の青い瞳は、燐光《りんこう》を発するかのように燃えあがる。

虚空の一点をまるで睨むかのようにした端整な顔にはじっとりと玉のような汗が浮かび、畳敷きの部屋に、いくつもの染みを作る。

背後には同じようにはたはたと落ちていく、赤くうつくしい波紋が広がり、のたうちまわるように這いずりながらも、できたばかりの傷口へ、指を立てた。

「い、ぎ、――…っ！」

みじり、と肉に刺さる爪。指先から伝わる不快感は強烈な痛みにも紛れず、失血に冷えていく肌と流れ落ちる血潮の熱さの違和感を思う。

ばかばかしいあがきと知っていても、もうやめることはできなかった。忙しなく犬のような息を吐き、そのあまりの熱さに唇が乾く。

そうしながら、めりめりと白分の指が数ミリ、皮膚をはぎ取っていく瞬間に、ぞっとするような恍惚感に襲われた。

（ざまをみろ……！）

あの男の思い通りになど、誰が。

血塗《ちまみ》れながら彫られた桜を、また同じ色の赤に染めながら引きはがす。

無為な行為と、知ってはいた。この夜桜を剝《は》がしきれば、那智をがんじがらめにした執着からも逃れられるのではないかなどと、そんなあまい夢はいまさら見ない。

ただ、それがたとえどんなにみにくい疵痕を自分に残そうとも、今背中に息づく醜悪なこの夜桜よりは、ましだと思えただけだった。

みじり。

思うほどにはうまく剝がれない、生皮の感触にうめきながら、それでもなお那智は指をゆるめない。

「ふー……っ、ふうっ」

もう声さえもでない。獣のようにぎりぎりと歯を食いしばり、すさまじい形相でひたすらに、指のさきで摘《つま》んだ肉と皮膚を剝がすことしか那智の頭にはなかった。

うわんと耳鳴りがして、睨み続けていた空間のさき、見慣れたはずの自分の部屋が一瞬で真っ暗になる。そうして、その闇のなかに、那智を嘲笑《あざわら》うかのようなあの桜がゆらゆらと揺らぎ、憤りに任せてなおも腕を強めた瞬間には、血肉を裂かれた桜から、悲鳴が聞こえた。

「ひ――い、いや、正吾、なに、なにして……っ！」

ずいぶんとリアルに、それは女の声をしていて、桜の精というのはたしか男のはずだったがと、そんなことを虚ろに思えば、ぐん、と身体が動かなくなる。

「……ばかな、ことを」

傷口に埋まっていた指を引きはがされ、邪魔をするなと振るったはずの腕にはもう、なんのちからもはいらなかった。

気づけば、工藤の見慣れた顔が眼前にあり、なにかの象徴のようにそれを睨みつけた那智の青い瞳が、次の瞬間ぐるりとまわる。

「正吾……正吾……っ」

壊れたように自分の名を呼ぶ声は、桜ではなく母のものだった。どん、と重い衝撃が腹に走り、工藤に殴られたのだと感じたときにはもう、那智は意識を失っていた。


村瀬医院に運ばれたことも、その後老医師と、そしてその孫にかけられた言葉のすべても、那智はいっさい覚えてはいない。

ただ、ふだんは陽気に笑っていることの多い友人の顔が、真っ青にこわばったままなんの表情を浮かべてもいなかった、その痛々しさだけが長く、那智の胸に残ることになった。

「……ばかなことを」

目覚めて、ただそれだけを言った村瀬医師の声は、那智にというよりも、その場にはいないあの男に向けられていたのだと、なぜだかそれだけは理解できた。

「これは……消えませんか」

包帯の巻かれた拳からようやく覗《のぞ》く程度の指のさき、爪の間にこびりついた赤黒い血液の塊《かたまり》、それを手のひらににじんだ汗が溶かしていくのを眺めながら、おそろしく老いた男のような声で、那智は問いかける。

「消えんな。背中の皮膚を全部、ひっぺがすならべつだが」

「やってください」

「ばか言うな。できんよ」

「やってください！」

叫んでも、険しい顔をした医師は首を縦には振らず、儂《わし》には無理だ、とそれ以上に厳しい声で言った。

「技術がない。そして儂以外の医者なら、なおさらに無理だ。……誰も、受けいれん」

残酷な事実を、淡々と告げるのは、ごまかすだけ無駄と知っているからだろう。

那智にもそれはわかっている。広域指定暴力団、鳥飼組の組長の息子がいれられた墨を消し、むざむざ敵を作るような医者はこの世にはいない。

法もまた、那智を護《まも》らない。あの証文がある限りは、自由意志と見なされる証拠は厳然とあり、でるべきところにでたとしても、なにも変わらないだろう。

抗う術も、ちからもない。そしてなにより、その気力さえも、那智は奪われようとしていた。

ふつりと、なにかの糸が切れるように、那智の頬からいっさいの表情が消えかけた、その瞬間。

「……正吾さん、起きられますか」

低く響く、工藤の声が、その抑揚のなさに対する憎悪だけが、那智の意識をつなぎ止める。

「なんだ」

いままで、どれほどに冷たくひそめようとも、那智の声にはどこか、若さ特有のあまさがあった。それがすべて失われ、研ぎ澄まされたような鋭いものへと変化している。

毅然と、顔をあげた。自分を貶めたそのすべてを憎んで生きると決した視線は、その青さのなかに強い憂いを馴染ませる。

針のさきににじまされた、あの朱墨のように。

＊　＊　＊

那智が怪我を回復したあと、数カ月ぶりに顔をあわせた蓮治は、上機嫌そのものだった。

いっさいの表情をなくした那智の、いままでよりなお冷淡な姿を見てさえ変わらないその様子に、けっきょくあの、情に訴えかけてきたすべてが芝居だったのだと、あらためて思い知らされる。

「そうか、そうか……さすがは彫り辰だな、素晴らしい！」

先日と同じ料亭、同じ部屋に通されるなり、那智は服を脱ぐように告げられた。いまさら抗ってもしかたのないと言いたげな顔で、着こんできた真っ黒なシャツを脱ぎ捨てる。

悦にいった顔で、似合うとはしゃぐ男が愚かしく、片頬で那智はうっそりと笑んだ。

いま、なにげなく那智がおろしている右腕の内側、スラックスのポケットには、この肩を傷つけたあのナイフが忍ばされている。

これでこの男の命が奪えるとも思えなかった。けれどもいっそ、ここで切りかかり、そうすれば次の部屋に控えている男たちが那智を仕留めてくれるだろう。

（……無傷なだけでは）

このまま、自滅することだけは、最後に残った意地が許さないと、那智はそう思いつめていた。ほんのかすったものでもいい。自分に残された傷の何万分の一でも、血をわけた男に与えることができるなら、もうそれでかまわない。

「もうちょっと、近寄ってくれ……ああ、これが傷か、さすがに村瀬さんだなあ、ちいとも目立たん」

座したまま動こうとしない男にそう告げられ、笑いを浮かべそうな唇を引き締めた那智がそろりと腕を動かした瞬間、背後から声がかかる。

「……そのまえに、こちらを」

離れた位置に控えていた工藤が、懐からなにか書類のようなものを取り出すのがわかった。

見透かしていたかのような行動に、那智がはっとそちらを振り返るのと、ほんのわずかな動作で、滑るようにふたりの間に工藤がはいりこんできたのは同時だった。

（この男――）

どこまでも邪魔な、そう思って瞳の色だけを険しくした那智だったが、次の瞬間、書類を眺めた蓮治の表情と、その声にこそ驚かされる。

「なんじゃ、こりゃあ……！」

たったいままで、この世のすべては自分のものと信じて疑わなかった蓮治の表情が、書面を読み進むうちにどす黒く青ざめていく。

「工藤、おのれはどういうつもりだ！」

「どういう、とは？」

なにごとが起きたのか、一息に緊張を高めた部屋のなか、半裸の那智だけが状況が読めないままに戸惑っていれば、その肩にシャツを着せかけたのは工藤だった。

そして、彼はなぜかその広い背に、那智をかばうようにして立ちあがる。

「ふざけた真似、してくれるじゃあないか、ああ⁉」

「さて。親父さんも正吾さんも、書面をご確認されたのは、知っておりますが……なにか」

「なにかじゃないわあ！」

ぐしゃりと握りつぶしたそれを、まるで癇癪《かんしゃく》を起こした子どものように蓮治が投げつけ、足下のそれを拾いあげた那智は目を瞠った。

「これ……」

そこにあったのは、あの日朦朧とするままに判をつかされた、あの証文だった。

しかし、そのときにはあり得なかった数行がそこには、追加されている。

『――この一件をもって、甲は鳥飼組とのいっさいの関係を絶ち、乙はそれを認めるものとする』

その後、それでも那智親子の生活の保障をする件、しかしそれにおいて、蓮治がいっさいの干渉をする資格はなくなることなどが、端的な文章として結ばれている。

どういうことだ、と工藤を仰ぎ見れば、その横顔にはやはり、表情はない。

「そもそもが、あの日のお話を契約式の文章にしろと言われたのは親父で……私は」

激昂する蓮治にさえも怯まないまま、彼はそのスーツの内側から、小さな録音機器を取りだした。

「この、会話をもとに、書面を作成したまでの話です」

そうしてボタンを押した録音機器からは、この料亭内で交わされたあの日の会話が流れだし、蓮治はぶるぶると頬の肉を震わせた。

「工藤ぉおお……っ！　どうなるか、覚悟はできてるんか……っ」

「親父……いえ。社長」

獣のような声でおめいた蓮治のまえに、端正な所作で膝をついた工藤は呼び名をあらためる。

「わかっていらっしゃるでしょう。このひとは、とても、私たちのやり方で飼えるような器じゃあない」

「工藤……？」

「正吾さんも。そのポケットの中身は、だしておしまいなさい」

呆然とするまま、その一連の事態を眺めているほかになかった那智は、鋭く、しかしどこか情のある声に告げられ、なぜとは自分でもわからないままに、小さなナイフを差しだしていた。

「……こういうひとです」

「正吾……？」

分かり切っていたように、そのナイフに対して嘆息した工藤にくらべ、蓮治は本当に驚いたように目を見開いていた。

「おまえ……おまえ、なにするつもりだったんじゃあ」

この男は、血をわけた息子が本当にあんなやり方で屈服すると思っていたのだろう。

「殺せるとは……思っては、いませんでした」

あきらめをつけるしかない絶望まで追いやり、そうして歪んだ情を与えればそれで、手の内におさまると、本気で。

「けれど、殺そうとは、思っていました」

ひどくよく似た、しかし決定的にその意図するところの違う言葉をつぶやく自分が、どこか遠くさえ感じられる。

がっくりとうなだれた蓮治は、ひどく老いて見えた。それもまた、演技かもしれない。肩にひっかけただけのシャツを翻し、那智は長い脚できびすを返す。

そのうしろを、なぜか工藤は影のようについてきた。

「服を、直されませんか」

「いまさらだ。見たいなら、見ればいいだろう」

「やけになるのはおよしなさい。あなたらしくもない」

「——じゃあ、なにが俺だ！」

長い廊下の途中、激した声をあげても工藤は動じることがなかった。

「あなたは、ちゃんと、光のあたる場所で、生きていくひとだ。そういうひとだ」

「いまさら、なにを」

「逃げるなと言ってるんだ!!」

倍ほどの声量で怒鳴りかえされ、はじめて身がすくんだ。もしかすればこの男は、あの蓮治などよりもよほど大きな度量があるのだろうかと、その視線と声の険しさに、那智は知る。

「……失礼しました。けど、正吾さん。あと……あと四年だ。それだけ、どうにか、こらえてください」

「なにを……っ」

これ以上のなにをこらえるのか、こらえた先にいったい、なにがあるというのかと、唇を震わせ青ざめた那智に、深く工藤は腰を折った。

「おそらく親父は、まだあきらめはしないでしょう。それでも……必ず、変わるものはあります。だからどうか、それまでは」

あなた自身であることを捨てないでくれという言葉に、なにを思ったわけでもない。

けれどもその瞬間、長く忘れていた涙が、頰を伝っていく。

胸の奥に刻まれた深い傷から流れるこの血を、涙を、ぬぐいとってくれる誰もない。

工藤はまだ頭を下げたままでいる。

セミの声がまた、耳の奥でわんと鳴り響いた。

＊　＊　＊

次に目を開けると、心配そうに覗きこむ少年の顔が間近にあった。

「気分はどうですか？」

遮光カーテンの隙間《すきま》から、やわらげられた光のさす見慣れた部屋のなかで、基の透明な頰がそれを受け、輝くように白く輪郭を浮きあがらせる。

深々と吐息し、こわばっていた身体からちからを抜く。長い夢から覚めたことを那智は心から安堵《あんど》した。

「いま、何時だ」

「起きたらだめです」

起きあがり問いかけようとすれば、細い腕が動きを阻む。

「那智さん、一週間まえから熱あったんでしょう。無理ばっかりするからこじらせるんです」

涼やかなあまい声でたしなめられ、やわらかいちからに抗えず身を沈めれば、おそろしく身体が重いことを知る。

息をすれば、肺の奥が攣《つ》るように痛んだ。先日引いた夏風邪が、思いの外ひどくこじれたのは過労もあると苦い顔で告げたのは、けっきょく内科医になったあの、友人である医師だ。

──働き過ぎなんだよ、おまえは。オサナヅマもらって張り切るのはいいけど、歳《とし》を考えろ。

あの快活さにしたたかさを備え、毒のある軽口の似合う男になった医師は、診察を終えるとそう言って傍らの少年を揶揄《からかい》混じりに眺めていた。

「だいぶ、うなされてたんですけど……大丈夫ですか？」

その折り、真っ赤に頬を染めたままうつむいていたばかりの深津《ふかつ》基《もとき》は、冷やしたタオルでそっと那智の頬をぬぐいながら問いかけてくる。

「……いやな、夢を見ていた」

「そうですか」

嗄《しゃが》れた声が痛々しいというように、乾いた唇をもその冷たい布でそっとぬぐい、彼らしい冷静な声で、「なにか飲みますか」と問いかけてくる。

「そうだな……なにか、あまいものでもあれば」

「林檎があるんですけど、それでもジュースにしましょうか」

「悪い」

作ってきますと微笑む基にうなずくのがやっとだ。那智は深々と息をつく。

(ひさびさに、あんな夢を見た)

過去の残映などもうずいぶんと忘れたつもりであったけれど、ひさかたぶりの熱はあの痛みをもよみがえらせてしまったらしい。

那智はとくに熱に弱い。全身には粘ついた汗がまとわりついているというのに、真夏にもひやりと冷たい背中一面だけは、乾いた感触がする。

——これはもう、皮膚が半分死んでるからな……汗腺がつぶれちまってるんだ。

刺青を施すことは、全体に皮膚を傷つけることにほかならない。それも全身のかなりの部分を覆うとなれば、まず皮膚呼吸や代謝自体が低下する。

――おまえ、無茶をすると、長くないぞ。

村瀬にも、そう予告されている。さりとていままで、幸いにもひとより恵まれた体軀のおかげか、さほどに身体のままならなさを自覚したことはなかったが、今回のこれは思ったよりもこたえた。

またひとつには、基をかばって那智の背に斜めに走った傷のせいもあるだろう。これは基の気持ちを慮ってか、村瀬は口にださなかったが、思うよりも深手だったせいかときおり、ひきつれるような痛みがある。

これも歳か。誰のうえにもいずれくる老いは、那智の痛めつけられた身体には思うより早いらしい。静かに笑って、それでもまだ、終わるわけにもいかないだろう。

十七の夏が消え、那智の涙が流れたあの日からしばらく経って、時代の象徴であった老人はいよいよ、最後の眠りにはいろうとその意識を手放した。

それよりも受け損ねた模試と、二度と手にすることのない半袖《はんそで》のシャツを始末することのほうが那智には重要だった。

ブランクをおいて学校に戻れば、事情を知る村瀬と島田の表情が変わっていた。なにより、もうあの控えめな笑みさえも浮かべることのなくなった那智自身が最も変わったことは、誰に指摘されるまでもなかっただろう。

――俺、本気で警察官めざします。

青く光る刃のような那智の姿を、数カ月ぶりに見た後輩は、ただそれだけを言った。陽気な彼に、いままでのようなぬるい憧《あこが》れでなく、なにか痛いまでの決心をつけさせてしまったことは薄々と知れたが、かけてやる言葉もなかった。

それはまた村瀬も同じようで、最後まで迷ったあげくに医学部に進むことを決めたことに、那智の存在がまるで無関係であるとは言えないだろう。

力なくもがくばかりだった青年たちは、どれほどにささやかでも、その手で救えることがせめてもある、そうした生き方をあの夏に、選んだのだ。

怒濤《どとう》のようであった時代のうねりに取り残され、ただただ弱くあるばかりだった母が亡くなったのは、那智が大学にあがってしばらくしたころだった。

哀れとも思い、また同時にひとつ、自分をつないでいた頸木《くびき》が外れたと感じた瞬間に、もうすでになくしてしまったはずの大事ななにかが、押しつぶされるようだった。

工藤の言葉どおり、あれから四年のときを経て正式に施行された暴対法により、書類上の組は解散、組織も相当に縮小することを余儀なくされたのが、あの父親にはよほどこたえたのだろう。

母が亡くなってからいくらも経たないで、心臓発作にあっけなく、蓮治はこの世を去った。

組の跡目を継いだのは、正妻の息子であった正治《まさはる》だ。

会社組織として運営するため、傀儡《かいらい》社長としてそのポストにはいるが、いま実際になにをしているものか、那智は知ることはない。

工藤とは、大学をでる折りに渡された、すべての遺産の始末の書類を受けとって以来、顔をあわせていない。実際に縁を切るのもむずかしいまま、また那智が『あの』鳥飼の身内ということも知れ渡ったまま、いまに至る。

那智が法曹界に進んだのは、工藤の影響もあったのかもしれない。そして、最もあの父親と対極の位置にある、けれどどちからない『法』というものの正体を、きちんと見極めたい気持ちもあった。

そうしてまた、ときを経て、その無力さを知ったばかりだったが。

けれど那智もまた、まっすぐに宣言した島田のように、そうして無言のまま道を決めた村瀬のように、いくらか——自分のような、縛られて動けずにいる誰かを救うことができればいいと願う、そんな気持ちで進路を定めたことも、否めなかった。

けっきょくは、あまい。けれどそれは強いのだと、那智にいま教えてくれるものがいる。

基が林檎のジュースを手に戻ってきた。彼の所作はごく静かで、足音を立てずするりと動くさまは、猫のようだと思う。

「だいじょうぶですか。すこし、起きられますか」

「……ああ」

平坦な道ではなかった。幾度も絶望し、嘆くことも許されないまま摩滅していく人生かと、そんなふうに、ひとりあきらめて。

あの夏以上のやるせない慟哭《どうこく》を、胸の奥、抱えてきたけれど。

「マサルくんが買ってきたんです。熱にはやっぱり林檎だって。村瀬先生は定番は桃缶だって譲らなかったんですが」

絞りたてのジュースを差しだすのは、那智にとって、黄金色の果汁よりもあまい存在だ。凍てつききった心に唯一忍びこんできた彼が穏やかでいる、その事実が那智を救ってくれる。

「基、学校は」

あまいそれで喉を潤せば、糖分が脳にもまわったのだろうか。たしかきょうは平日であったはずだと気づいた那智が問いかければ、基は微笑んで答える。

「病欠です。病気で、休むんですから、嘘《うそ》じゃないです」

主語が抜けているだけだと、さらりと言う。詭弁《きべん》だとおかしくなったことに心が慰められ、飲み干したコップを受けとろうとする細い指を、そのまま引いた。

「那智さん？」

「しばらくこうしてくれ」

おとなしく抱きよせた細い身体から、絞りたての果実のようなあまい香りがする。

夢のなか、鼻先に燻《くすぶ》るようだったあの妖しい香のにおいを打ち消すすがしさに、那智は深

く吐息した。

きみに安寧を。やさしさを。穏やかな日々を。なにものにもけっして怯《おび》えることのない、揺るがずただ連綿と続くような、退屈なまでにこころやすい日常を。

願いながら祈りながら、ここまできたけれど。

薄い胸にそっと抱かれて、いたわるような指に額からこめかみを撫《な》でられ、与えられているのは自分と知る。

どこまでも脆弱《ぜいじゃく》な生き物でしかない。そうした自分を、けれどいまの那智はけっして、きらいではない。

微熱は指のさきにまで満ちて、ひりひりと落ちつかない肌にはひんやりとやわらかな基の指が心地よかった。

その指をかたく握りしめた。祈るように縋るように、握りしめてそうして、ほっそりと見えるのに、たしかに力強く握りかえしてくる基の、健やかな意志の強さに安堵する。

なにかに傷つき、涙する日には、その手で濡れた頬をぬぐうだけの強さを。

そうして、その濡れた指先を、揺るがず摑んでいてやるだけの、強さを。

ひとひらの祈り

深津基《ふかつもとき》が、那智正吾《なちしょうご》の家に引き取られて三度目の正月がきた。

「あけまして、おめでとうございます」

「おめでとう」

「おめっとございまーす」

一月一日の朝。新年の挨拶を口にした基に、ゆったりと微笑《ほほえ》んで答えたのは那智と、そして木村大《きむらまさる》だ。

互いに頭をさげあう仰々しいそれにすこしばかり基とマサルは照れた顔をする。

この家の主であり保護者でもある那智に、屠蘇《とそ》――といってもあまい酒が苦手な那智のために、辛口の吟醸酒だ――を勧めた。

基は現在、十九歳。まだ未成年ということで、口をつけて舐《な》めるばかりにする。

ふだんはソファを使っている居間にローテーブルをだし、カーペットのうえに座布団を置いたのは、年末の大掃除のあと絶対に正月は座布団！　というマサルの主張によるものだ。

その模様替えも、基がこの家に引き取られてからのことらしい。

たしかにわざわざ重箱につめたおせちをつまむのに、ダイニングテーブルではすこしばかり味気ない気もすると基が笑えば、そもそも正月にお重をつくのもめずらしい話なのだと、最初の年にマサルは言っていた。

「錦卵《にしきたまご》、うまっ。店で売れるよこれ、まじうま！」

「ほんとに？　レシピどおりにやったんだけど、口にあったなら、よかった」

素直な感嘆を告げたマサルへ基はほっと笑いかける。料理本を見てどうにか作ってみたそれは、さすがに売り物のように渦巻き型とはいかなくて二層のシンプルなものにしたのだが、自分でも結構うまく作れたと思っていたのだ。

といってもさすがにお重のすべてを手作りとはいかない。基がこしらえたのはせいぜい、なますとこの錦卵、ごぼうを肉で巻いた八幡《やはた》巻きくらいのものだ。

甘すぎずカリカリした田作りとふっくら炊けた黒豆は、那智の旧《ふる》い友人である医師、村瀬《むらせ》俊憲《としのり》の実家である古い医院と懇意な魚屋が作っているもので、焼き鯛も同じ店から譲ってもらった。栗きんとんは小布施《おぶせ》の名品を取りよせてある。

「あー、幸せ……もっくん来るまえは、正月もクソもねえって感じだったもんな」

たっぷりと大きな肉巻きごぼうを頰張《ほお》り、屠蘇用の日本酒をぐいぐいとやりながら、マサルはうっとりため息をつく。つまみが足りなそうな様子に、頃合いかと基は立ちあがった。

「そろそろお雑煮だそうか。那智さん、お餅《もち》いくつ食べますか？　マサルくんは？」

「俺はふたつでいい」

「俺よっつ」

了解とうなずいて、基は切り餅を網に載せた。

雑煮は関東ふうのシンプルなものではなく、基の家——母がかつて作っていたものを記憶を頼りに再現したそれは、鶏肉のほかに大根ににんじん、さといも、ごぼう、はくさい、椎茸などなどと具だくさんで、昆布とするめの出汁《だし》で煮て、白だしで味つけするものだ。

家によってそれぞれ雑煮の味は違うものだが、はじめてこれを作った年、ずいぶんと好評で嬉しかった。マサルなどは正月をあけても、たまにあれが食べたいと言ってくれて、那智家での定番メニューになりつつあった。

「もっくーん、ここにあるの食っちゃっていいの？」

案外あまいもの好きなマサルは、お重につめた分の錦卵をほぼひとりで制覇してしまったようだ。基は味見で充分に口にしたし、那智はもともとあまいものはあまり得手ではない。

「作り置きはあるから、全部いいよ」

「はーい」

軽く表面を焦がした餅を鍋にいれ、火を止めた。あとは余熱で餅がやわらぐのを待てばいい。これでよし、とふと息をついて、基はなにげなく周囲を見まわした。

この立派なシステムキッチンは、基が訪れるまでその機能のほとんどを使われていなかったが、この三年近くでほぼ毎日フル回転していた。

マサルは那智の持つマンションビルの二階に、２ＤＫの部屋を与えられている。ふだんの生活空間は一応べつのかたちだけれど、食事の際には那智の住居である三階のリビングへ集《つど》うのが定番になっていた。これはまだ基がこの家に住むまえ、恩人である彼らのために食事作りをするようになってからの習慣だ。

当初、那智は家事までしなくてもいいと告げていた。後見人になったからといって、労働で恩を返そうとしなくていい、好きなようにしろと言われたので、基は言葉のとおり、好きなように那智とマサルの食事を作った。

もともと家事は、母に出ていかれてからずっと基の仕事だった。まともにやらなければ暴力を受けたため、淡々とこなしていた当時とは違い、那智もマサルも基が作ったものを「うまい」と喜んで食べてくれる。それを嬉しく思いこそすれ、苦になることはなかった。

彼らの口にあうように料理の腕をあげるうち、言ってもきかない基に那智のほうが折れて、いまでは食費の管理まで任せてくれるようになっている。

那智と出会ったころ、基はこんなに平穏な生活を送れるとは思っていなかった。

年齢もばらばら、本来は他人同士の男二人が、家族のような奇妙なつながりを持って、もう三年目。那智やマサルのおかげで、基が安寧を得てから同じだけの時間が経った。

日々を無事にすごせるよう、祈るような気持ちで基は食事を作り続けている。

「那智さん、お酒、もうすこしいかがですか」

「いや、きょうは午後から挨拶にいくから、やめておく」

この日の那智は、紬《つむぎ》の着物を着ていた。正月にしてもめずらしいことだと目を瞠《みは》ると「きょうは約束があるから」と彼は苦笑し、ああ、と基もうなずいた。

「村瀬先生のご実家にうかがうんでしたっけ」

「あそこは、おばあさまがうるさくてな。この着物はだいぶまえに仕立てていただいたんだが、ここしばらくは仕事の都合で顔をだせなくて。去年、仕事帰りにスーツでうかがったら着物はどうしたと怒られたんだ」

話にしか聞いたことはないが、村瀬の祖父と祖母はもう九十歳にはなっているらしい。だがずいぶんかくしゃくとした老夫婦のようで、この那智でさえ頭があがらないのだと聞くと、どんな女傑なのだろうと想像してしまう。

「じゃ、お雑煮食べたらご挨拶ですね。……って、マサルくん、飲みすぎない。いっしょにいくんだろ」

気づけば、塗りの屠蘇器が空《から》になっていた。大ぶりなこれには二合以上ははいっていたはずなのに、あっというまにマサルが飲んでしまったようだ。

「えー、俺はいいじゃん」

ぶつぶつ言っているマサルをたしなめ、きょうはもうおしまいだと基はため息をつく。

「那智さん着物じゃないか。マサルくんが運転するんじゃないのか？」

あきれた、と目を眇《すが》めた基に、那智は喉奥《のどおく》で笑った。

「いいさ、慣れてるから、運転もべつに不自由はない」

好きにさせなさいと鷹揚《おうよう》に笑う那智は、和装も相まっていつも以上に落ちついて見えた。

その言葉に、基はすこしだけ目を丸くする。たしかに那智は基が起きてすぐから着物姿であったし、言葉どおり自分で着つけられる程度には馴染《なじ》んでいるようだったが。

「慣れてるんですか？」

「それこそ村瀬のおばあさまが、むかしから浴衣《ゆかた》だ着物だ縫ってくださってたからな」

あきらかに純日本人ではあり得ない、あまい茶色の髪や青灰色の目、彫りの深い顔立ちであるのに、広い肩に仕立てのいい着物はしっくりと似合っている。

「でも俺、はじめて見ました」

「ああ、……そうだったかもな」

「すごく似合ってます」

その言葉に、那智はかすかに笑んで「そうか」と目を伏せた。

那智と知りあった当時、基を取り巻く環境は最悪としか言いようのないものだった。

一年目の正月、基が村瀬の家に訪れることはなかった。もともとひとに慣れない性格のうえ、長年の過度なストレスからきた胃潰瘍《いかいよう》の治療と、カウンセリングのための通院が終わっていない状態でもあり、無理に他人と接触するのは避けるよう言い渡されていた。

二年目は、身体《からだ》に支障はなかったものの、受験しなおした学校に馴染むのが精一杯だったのと、学校行事や新しくできた友人に振りまわされていて、やはり新年の挨拶は遠慮させてもらった。

というより、那智のほうが「こっちのつきあいより友だちを優先しなさい」と笑って、連れていくことはしなかったのだ。

「基も、勉強があるんだろう。無理してつきあうことはない」

「いまさら焦ってもしかたありませんし、無理もしていません」

基が現在通っている予備校の模試がおこなわれるのは、一月下旬。気遣った那智は正月の用意などしなくてもいいと言ったけれど、それを聞きいれなかったのは基のほうだ。

「料理とかいろいろやっているほうが気が紛れるんです。それに、村瀬先生にもだいぶお会いしてませんから」

「なら、いいが」

静かに微笑んで告げると、那智は苦笑めいた表情でうなずいてみせた。淡々としているようで、意志が強い基のことを、彼ももう知っている。

基の大学進学についても、現在後見人である那智とはかなり意見を戦わせた。

那智ほどのトップレベルとはいかないが、法学部に進学を決めたのは、弁護士である彼の手助けをしたいという気持ちがやはり強かったからだ。

——だから、俺に恩返しをするとかなんとかじゃなく、自分で好きなことをしなさい。

——だから、俺は好きなことをしたいんです。

平行線の会話は、二年への進級時に文系、理系の志望コースを決める面談のときから、延々と続いた。もともと工業高校に通い、自己流で改造銃などをこしらえていた基を知る那智としては、あきらかに文系よりも理系に進みたいはずだろうと言い張り、基は基でそれはそれ、これはこれだと譲らなかった。

基がかつて、親の目を盗んでモデルガンを改造して作った実弾発射可能の銃は、ある意味では趣味が高じてのものだ。もともとなにかを作るのが好きで、凝り性で手先が器用だった基は、息苦しい生活のよりどころとして自分だけの銃をこつこつと組みあげていた。

だがあれは、工学的なことに興味があったという純粋な気持ちばかりから作ったものではなかった。あの殺傷能力さえある銃は、あまりに脆弱《ぜいじゃく》で虐《しいた》げられるしかない自分の、歪《ゆが》んだ心が生んだ、昏《くら》い欲望の具現したものだ。

（いまは、もう違う）

死にぞこなったあの夏を超えて、基はあれ以来二度と銃を作ることはしなかった。那智にもうあんなものを作るのはやめろと言われたこともあったけれども、あれほどに執着した感情のすべてが、胃に空《あ》いた穴からあふれた血とともに、きれいに流れて去ってしまったようだった。

――俺は、那智さんの役に立つことがしたいんです。

きっぱりと言いきった基に那智はやはりなにごとかを反論しようとしたけれど、まっすぐ見据える目の強さに言葉を引っこめた。

――きちんと何度も考えました。将来のことも、これからのことも、まじめに考えたうえでの、俺の選択です。

那智のためだけに生きていたい。この命と心を救い、あたたかい生活をくれた唯一のひとの傍《かたわ》らにありたいという気持ちを、逃げや甘えと思わないでほしい。

――あなたとずっと、いたいんです。

そっと広い胸に頬をよせて、だからどうか負い目に感じることなく抱きしめてほしいと、基は声なく願い、与えられた抱擁は狂おしいまでにあまかった。

(変なことまで思いだしたな)

ふれた唇の熱っぽさまで記憶によみがえらせた基は、雑煮に意識を戻すことで不埒《ふらち》な妄想を追い払う。

「お餅煮えました。マサルくんのお餅は、全部はいりきれないからあとでおかわりして」

「へーい。いただきまーす」

雑煮の椀を置くなり、餅にかぶりついたマサルは相好《そうごう》を崩す。正座したままの那智は、すっと伸びた背中もうつくしく、静かに汁をすすって小さく告げた。

「うん、うまい」

そのひとことに、基は「よかったです」と微笑んだ。

那智は、容姿の割に完全な和食党で箸《はし》使いも完璧だ。そうした嗜好のみならず、精神的な部分でも彼は非常に古めかしい日本男子的な部分があり、仕事上はともかく日常では口数がすくなく、意志がかたい。

一本筋がとおっているようなその生き様が、この凜《りん》とした着物姿に反映するのだろうかと、惚《ほ》れた欲目も自覚しつつ基は思う。

（……あ）

すっと那智の目線が動いたのに気づく。催促するでもない様子であったが、基は彼の小皿に塩気のものが足りないと気づき、黙ったまま数の子を取り分けてやった。

「ありがとう」

「いえ」

短いやりとり、幸福そのものというその表情に、傍らのマサルはさすがに眉《まゆ》をひそめ、豪快にふたつめの餅を嚙《か》み切りながらぼそりとつぶやく。

「……なんかもう、新年一発目の朝から新婚ムードっすね」

冷やかしてきた親友に、基は「なんだ、それ」とあきれた声を返す。マサルは早くも三つめの餅をおかわりしつつさらに言った。

「新婚ってより、もっくんたちって、もはや熟年夫婦のあうんの呼吸って感じもすんだけどさあ。……それとかね」

那智の皿に盛りつけたばかりの数の子を行儀悪く箸でさしたマサルに、基は顔をしかめた。

「新婚とか夫婦とか、変だろ、それ」

どうにも那智と基の関係を知る人間に、毎度ながら言われるのがこの手のからかいだ。これから訪問するさきの村瀬なども、ことあるごとに「幼妻」などと言ってくれて、そのたび基はなんともつかない気分になる。

那智と基の関係は、村瀬やマサルにとってごくあたりまえのものとして定着している。

身体にも心にも重く昏い傷を残した事件を乗り越えたふたりに、同性であることがなんの問題かと言いきったのはマサルで、当初は彼らの恋愛を危ぶんでいたあの強面《こわもて》の医師も、いまではすっかりただの傍観者だ。

「事実じゃん。一緒に住んでて、家のことこなしてさ。まあそのへんの女子よか、もっくんのほうがよっぽどいい嫁さんだけど」

「嫁とか、そういう表現は――」

反対されたりするよりはよほどいいけれど、だからといって冷やかされるのは困ってしまう。そう思っての基の反論は、なぜか静かな声に遮られた。

「……まあ、あながちはずれてもないいか」

「那智さんまで、やめてくださいよ」

こういう場合、大抵はコメントを控える那智の言葉に、基は困惑する。マサルは、やっていられないという顔をした。

「あーもーごっそさんでした、いろんな意味で。俺、支度してきまーす」

がつがつと大ぶりな汁椀の中身を食べ終えたマサルは、自分の分の皿を流しに運ぶなり自宅で用意をしてくるとその場を去ってしまった。

「那智さんも、なんで、あんな」

「いつものことだろう。それより、基」

マサルの去ったほうを見て途方にくれていた基へ、すこし声をあらためた那智が話しかけてくる。どうやらまじめな話のようだと、基もそちらへ向き直った。

「なんでしょうか」

「きょう、帰ってきたら話があるから、すこし時間はいいか？」

「はい。とくに予定もありませんし。べつにいまでもかまいませんけど」

「いや、あとでいいんだ」

ずいぶんしっかり前置きをする。まさかいまさら進路のことでもないだろうにと基は首をかしげ——そして、はっと気がついた。

（そうか……今年）

ふだん高校生の身分でいるせいで基自身失念しかかっていたけれど、この年の初夏には二十歳を迎え、成人となる。

那智と基の間柄は、後見人と被後見人だ。未成年後見人制度に則《のっと》れば、それは未成年被後見人が成人を迎えるまでの話となるため、基が二十歳になれば彼との法的なつながりはなくなる。

引き取られた当初、「高校にはいかない、借り受けたお金は働いて返す」と言い張った基を黙らせるためにか、那智は過分なまでの環境を整えた。住まい、衣服、通う高校は私立で、とてもではないけれど基のような子どもに返しきれるような金額ではない。

それらを入院中にすべて手配され、いまさら返品は不可だという言葉に毒気を抜かれ、これはもう、那智の好意に甘んじるしかないとあきらめたのだ。

それから数年を経たいま、以前のように那智の手を煩わせたくないと言い張ることはやめた。むしろ彼の傍らですこしずつ大人になりながら、与えられたものを——それは金銭面も含めて——返していくしかないと思っている。

おそらく後見人の義務を終えても、那智は基の生活のすべてや、学費などを援助してくれるつもりでいるだろう。そしてそれを固辞したところで彼は聞きいれることはしないだろうから、それは素直に世話になることにもしている。

だが、そのためにはいちど、あらたまって話をする必要があるのだろう。けじめは必要で、そんな部分までをなあなあにしてはいけない。

このさきをともにあるための話し合いであれば、いくらでも基は受けいれる。

また自分自身、大学の卒業までは那智の世話になることを、あらためてお願いしなければいけないとも思っていた。ある意味では、切りだしてくれたほうがありがたいかもしれない。

「わかりました。帰ってから、話をうかがいます」

「……ああ」

静かな基の声に、那智はふっと目を伏せた。

（なんだか、様子が変だな）

すこしばかりでなくかたい部分のある話に、彼もいささか面倒を覚えているのかと基は思ったが、そもそも那智の仕事は弁護士だ。

「きょうの夜、食事はいらない。たぶん村瀬の家でつめこまれる」

いまさら法律上の手続きについて知らないこともあるまいにと基はいぶかったけれど、すぐに話題を変えてしまった彼にそれ以上の追及をやめた。

「そうなんですか？」

「覚悟しておいたほうがいい。基は細いから、きっといろいろ勧められる」

くすくすと笑った那智の頬に、なんの鬱屈《うっくつ》も見つけられない。杞憂《きゆう》であったのだろうと自分の覚えた違和感を忘れ、基は肩をすくめて笑った。

＊　　＊　　＊

午後すぐに出発する予定だったのだが、那智のもとへと仕事相手からかかってきた電話が長引き、家を出たのは午後の三時をまわったころだった。

「事務所は休みだっつってんのに……」

「しかたないだろう、事件は年中無休だ」

さらっと切りかえされ「そりゃそうっすけど」とぼやいたマリルの酒が抜けるには充分な時間だった。おかげで、着物の那智に運転させることはなく、無事に彼が運転手を務めた。

那智の家から、千葉方面に車で三十分ほど向かったさきに、村瀬医院はあった。

東京でも下町のにおいが色濃く残る界隈に似合う、入り口の磨りガラスに名前がはいった、いかにも古式ゆかしい造りの医院はこぢんまりとしたたたずまいで、現代っ子である基には不思議に懐かしい雰囲気がある。

病院の門扉《もんぴ》をとおり、その脇から裏へとまわると、これも古めかしい木の表札に『村瀬』の文字がある。あとからつけたらしいインターホンだけが、妙に不似合いだ。

「ご無沙汰《ぶさた》しております。那智です。遅くなりまして、申し訳ありません」

「あら、ひさしぶりだごどぉ。よぐ来だねぇ」

玄関の引き戸を開くなり、聞こえてきたのは訛《なま》りの強いあたたかい声だった。小柄で痩《や》せた、血色のいい老女は皺《しわ》だらけの顔ににこにこと笑みを浮かべ、早くおあがりと三人を促す。

「あけましておめでとうございます。フミさんもお元気そうでなによりです」

「よっ、ばあちゃんおめでとさん！」

「はいよう、おめでど」

道中、村瀬家の老女は女傑だ、あの家いちばんの権力者だと脅されていた基は、そのやさしげな姿に逆に驚いてしまった。すこし背の曲がったちんまりした身体に着物を着て、白髪をきれいに結っているその姿は、愛らしいような印象がある。

「はー、待ってだんだわ。はいぐ《はやく》あがっでがせ。――ああ、こっちが基くんがい？」

自分の祖父母とは会ったこともない基は、突然話題をふられて内心すこしあわてた。

「あけましておめでとうございます。はじめまして、深津基です」

「まぁ、なんちめんこい子だごど。どうぞどうぞ、あったがい《あたたかい》とこさ来っせ」

緊張しながらぺこりと頭をさげると、寒い玄関で立ち話もなんだろうと笑ったフミの背後から、これも小柄な老人が顔をだした。

「おお。きたか正吾」

「先生、ご無沙汰しております」

白髪の残る禿頭の老人は、にやりと孫によく似た笑みを浮かべた。うつくしい礼をとる那智を真似《まね》、基もあわてて頭をさげる。

「俊憲はいま急患で往診にでとるが、すぐ戻るだろ。あがって餅でも食っておけ」

「お邪魔いたします」

ふたたび静かに頭をさげ、那智の長身にはすこし手狭な家へとあがりこむ。古い家らしく天井は低いが、手いれの行き届いた清潔な空間だった。

「あけましておめでとうございます。本年もよろしくお願いいたします」

部屋にはいるまえに膝《ひざ》をついた那智は、きっちりとした礼をしながら挨拶を述べる。その横でマサルと基も「おめでとうございます、よろしくお願いいたします」とそれにならい、老医師の鷹揚な笑みに迎えられた。

「ああ、おめでとう。よろしく。今年も皆、元気でいなさい」

「ありがとうございます」

「そちらが、基くんか」

深い声で名を呼ばれ、基は「はい」と緊張した顔をあげる。

「ゆっくりしていくといい。さ、そこは寒いから」

早くはいりなさい、と促され、居間にあがれば、基にとってめずらしいものがあった。

「こたつだ……」

「あれ、こたつ知んねのがい。いまの子だねえ。あったがいから、あたりな」

「はい、ありがとうございます」

生まれ育った家にも、那智の部屋にもこたつはない。基はすこしだけ嬉しくなり、フミの勧めるままにふんわりしたこたつ布団へ脚をいれた。

「あ、あったかい」

思わずつぶやくと、にこにことフミは笑った。だがマサルの金髪をながめて、やれやれとため息をつく。

「なあに、マサルはまっだそっだ頭《あだま》してぇ。着物はなじょしたの」

「俺が着ると崩れて汚ねえっつったの、ばーちゃんじゃんかよう」

「そうだけんじょも、せっかくやったのにさあ」

毎度のやりとりらしく、ふたりの会話は気の置けないものだ。本当の祖母と孫のようで、基はなんだか微笑ましくなる。

「はは。でも、ばーちゃんの東北訛り聞くと、なんかほっとすんなあ」

「東北《とうほぐ》で一括《ひとくく》りにすんでねって、何遍言えばわがんだ。おれのはいわきだぁ」

訪問する道すがら聞かされていたが、東京の村瀬家に嫁いでもう七十年以上になるというのに、フミはいっこうにこのいわき弁をあらためないのだそうだ。

——逆にあそこまで方言をキープできるのは、ある種の特技だな。

意固地《いこじ》なひとだと笑っていた那智の言ったとおり、フミの言葉は、基にはときおり意味がわからないものもある。だがマサルはニュアンスで摑《つか》んでいるのだろう、会話にはたいして不自由はないらしく、ある程度聞いていれば基にもなんとなく理解できるようになった。

「基くん、餅《もち》でも食うけ？」

「あ、いえ、おかまいなく……」

これでもあがれ、と菓子やお茶を次々とだされ、すっかり馴染んでいるマサルの横で基はいささか緊張感を覚えていた。

（こういうときって、どうしてればいいのかな）

お年賀の挨拶など、基は幼いころから経験したことがない。基の祖父母は父方、母方ともとうに他界しており、あまり近しい親戚はおらず——そのため、母が家を飛びだし、父が毀《こわ》れてしまったあとも、身をよせる相手が誰もいなかったのだ。

おかげでこういう場に来てどう振る舞えばいいのか、いまひとつわからない。

おまけに那智はといえば、来るなりいそいそと将棋盤をだしてきた村瀬翁に捕まってしまった。こたつからすこし離れた部屋のすみ、上座にあたる床の間のまえでは白髪の老医師と向き合い正座したまま駒を握っている。

（もうちょっと、間にはいってくれないかなあ、ふたりとも）

フミも村瀬翁も親しげに笑いかけてくれるけれど、あまり図々しくしても迷惑ではないか。どの程度くだけて、どの程度礼儀を払えばいいものか。逡巡《しゅんじゅん》する基に、あたたかな目を向けていたフミはぽんと手を叩いた。

「んだ、この子さ、あれがいやんべぇがもしんね」

「え？　あれ……って」

「ちょっとこっちゃ来な、来な」

手を引っぱられ、なんだ、と目を丸くする基に、ミカンを頬張ったマサルは「いってらっしゃーい」と手を振るのみだ。

「あ、あの、那智さん」

「いってきなさい」

どうしよう、と那智を見つめればこちらも苦笑して首を振るばかり。なにがなんだかわからないまま、基は小柄な割にちからの強いフミへと別室に連れ去られてしまった。

桐簞笥《きりだんす》のある縁側の部屋へと拉致された基は、「これ、これ」と差しだされたものに、目をまるくする。

「あの……これって」

「正吾さんが学生のとぎ、着でだんだわ」

すっきりとうつくしい、黒に近い濃紺の着物。和服には詳しくない基にも、ものがいいとひと目でわかるそれは、那智がまだ中学のころに仕立てたものだそうだ。

「あの子はすぐに、ぐんぐん大《お》っきぐなっちまったからあ……俊憲もそうだけんちょも、一回袖《そで》通しただけで、すぐはあ、着らんなぐなって」

「そうだったんですか」

「あのころから正吾さんは礼儀正しい、いい子でねえ。律儀に、浴衣《ゆかた》も着物もこさえれば、ちゃあんと礼して、着でみせでくれで……」

まるで実の祖母かのような口ぶりに、村瀬家と那智が思う以上の親しい間柄だったと察せられる。となれば、那智の生家についてもこのフミは熟知しているに違いない。それでも、当時から孫と同様に扱ってくれていたのだろう。基は胸が熱くなる。

突然現れた基に対して、素性を訊《き》くことなどいっさいせず、那智と同じように扱ってくれている事実で、フミのひととなりは知れた。きっといままでは顔なじみのマサルにしても同様に、はじめからあっさり受けいれてくれたのだろう。

「んだげんちょも、身体が大《お》っきぐなんのがあんまし早いんで、しばらぐはもったいねえがらって言われで、こさえねがったんだげんちょも」

小さな身体のなかに、とても大きなものを持っているひとなのだと基は感じる。そしてまた、なぜだかわからないままに彼女へ「ありがとう」と言いたくなった。

おそらくフミは、長い孤独を抱えたままの那智へ、偏見なく接してくれた数少ないひとのひとりであると、察せられたからだ。

けれどそこまでは自分が言うことではない。言葉を呑みこみ、基はただ目の前のものについて問いかけるだけにする。

「……きょうの着物も、おばあさんが？」

「んだよ。ああ、裄《ゆき》と丈は、いあんべぇ《いい塩梅》だねえ。身頃は、ちんと余しそうだげんとも」

フミは微笑み、基の肩へと那智のそれをあてがってみせる。どうやらこれを着てみせろということらしいとは察したが、すこしだけ困惑を浮かべて基は口を開いた。

「あの……申し訳ありません。ぼくは、着つけはできないのですが」

「なあに。正吾さんもおめさんぐらいのころは、そうだったよ」

那智が基くらいの——といってもおそらくは中学生のころであろう。きょうはやってあげるから覚えなさいなと言われ、いささか恥ずかしく思いつつも、抗《あらが》えない。

「こ、ここで脱ぐんですか」

「んだよ。そうでなきゃ、どうやって着るの」

小柄で穏和なフミだけれども、このいわき訛りの強いのんびりした口調のせいか、どうもペースを崩されて、気づけば乗せられてしまっている。

「ああ、やっぱし腰が細いねえ。まあタオル巻ぐほどじゃねが」

「は、はあ……」

彼女の強さは剛のものではなく柔のそれであるなと基が気づくころには、ぽいぽいと衣服を剝《は》がされ、足袋《たび》を穿《は》かされ襦袢《じゅばん》を着せられ、くるくるぼん、という勢いで貝の口に帯を締められた。

　その手際のよさはもう感心するほかなく、あっというまに着物姿の基ができあがっていた。はじめての着物だが、ぴったりと身体に馴染む。これも仕立てがよく、着つけが正しいからだろうと基は感心した。

「さ、これでいがっぺ」

「……ありがとうございます」

　にっこりとしたフミに対し、基はすこしの照れを交えた声で礼を述べた。言葉のなかには、さきほど呑みこんだ感情もやはりにじんでしまったけれど、それを悟っただろう彼女は笑みを深くしたあとに、静かにかぶりを振った。

「ありがとうは、こっちが言うこどだよ」

「え……？」

「この三年。どんどん正吾さんはいい顔に変わっちぇきだ。おめさんのおかげだっぺ？」

　告げられた言葉の意味を摑みあぐね、基は一瞬言葉につまる。この言いぶりではまるで、フミまでもが基と那智の関係を察しているかのように思われたからだ。

「そんな……そんなことは、ないです。ただ、那智さんにはお世話になってばかりで」

　だからぎこちなく笑んでそう口にしたのだが、くすくすとフミは笑って手を振ってみせる。

「かまね、かまね。年寄りに体裁繕ってもしゃあんめぇ。まあ、人《しと》ど人《しと》の形《かだち》に名前《なめ》なんかつけるほうが野暮だもの。なんでもかまねんだ、正吾さんがしゃわせなら」

「そ……」

もう完全に見透かしていると教えられ、なにも言えることはなく、唇を噛んでうつむいた基の薄い肩を、フミのあたたかい手がぽんぽんとやさしく叩く。

「いい子だねえ。いい子でいがったよ。さ、あっちさ、やべ《いこう》」

早くみんなに見せようとまた無邪気な表情のフミに背中を押され、基は裾《すそ》を気にしつつも居間へと戻る。

「あ、あの……」

「ほうら、見で見で。やっぱし、いやんべぇだった！」

上機嫌のフミの声に、部屋のなかにいた全員が振り返る。そこには、訪問時にはいなかったはずの村瀬の顔までがあり、注視された基はますます恥ずかしくなってしまった。

「おおっ。もっくんいい感じじゃーん」

「……マサルくん、やめろよ。はずかしいから。あと飲みすぎ」

まっさきに、ぴう、と口笛を吹いて冷やかしたのはマサルだ。こたつのうえにはコップに日本酒、ビールが並び、性懲《しょうこ》りもなくまた飲みはじめていたらしいマサルの顔はだいぶ赤くなっている。

すこしは遠慮しろと基はため息をついたあと、マサルの隣にいる男へと視線を向けた。

「村瀬先生、あけましておめでとうございます」

挨拶が遅れましたと、着物の裾のさばきかたもよくわからないまま正座して挨拶を述べると、「うん」とひげ面《づら》の医師はうなずきはした。だが返事はなく、いつもあかるい彼らしくもなく顔をしかめている。基は首をかしげた。

「あの。俺、なにか変ですか？」

「いや、よく似合ってるよ。いい感じだが……まずくねえか、おい」

最後の言葉は傍らの那智にだけ聞こえるように言ったつもりだったのだろうけれど、だいぶきこしめしていたらしく、村瀬の意識よりも声は大きかった。

那智は那智でひょいと眉をあげるのみで、とくにコメントはしない。

（どういうことだろう。やっぱり変なのか？）

自分でも着慣れないだけに不安だ。足下から冷気がはいってくる頼りない感覚にも戸惑っていた基は、それともこの着物自体が問題なのかとはっと気づいた。

「あの、まずいですか。これ那智さんの着物……」

「あーいや、そういう意味じゃねえんだ。気にすんな。作ったばあちゃんがいいっ言ってんだから。それよか、そこ寒いだろ、あたれよ」

「……はい」

村瀬が笑いながら、おいでおいでと手招く。ときどき、よくわからないことをいう医師に腑《ふ》に落ちないものを感じながらも、こたつの魅力には抗えない。

基がぬくぬくとした空間にふたたび身体をいれたところで、フミが声をかけてくる。

「さて基くん、煮付け食うけ？」

「いえ、おかまいなく。あ、なにか手伝いを――」

「かまねから、座ってな」

それからフミはくるくると立ち働き、那智の予告どおりあれを食べろこれを食べろと基に勧めた。雑煮に煮物に昆布巻き、磯辺巻きに漬け物。次々と皿が持ってこられて、手伝おうにも立ちあがる暇もない。

着物の帯に締めつけられているだけでなく、本当にもうこれ以上は破裂するというほどに食べさせられた。

「も、もう本当にはいりませんから……」

「そうかい？　したら、これ食うけ？」

半ば本気で泣きをいれそうになって辞退すれば、今度はきなこ餅を持ってこられる。

いったいどうすればいいのか目をまわしていれば、那智が苦笑しながら口を挟んだ。

「フミさん、もう充分だそうですから」

「そうかい？　マサルはまだいけっかい？」

「酒でいいよ、酒で。ばあちゃんもやろうぜ」

こちらはすでにジーンズのボタンをはずして腹を撫《な》でているマサルが、「もういいから座って飲もう」とフミを誘う。いける口であったらしく、いそいそと小柄な彼女が猪口を差しだし、マサルがそれに熱燗《あつかん》を注いだ。

（く、苦しい……）

フミの作る料理はどこかしら懐かしいような田舎ふうの味つけで、大変美味ではあったがなにしろ量が半端ではない。ふう、と息をついて基が胃をさすっていると、村瀬が「すまん」と苦笑して、拝むように片手を挙げた。

「ばあちゃん、勘弁してやってくれ。ここの家に若い子が来るのはめったにないから、張り切っててな」

「いえ、とてもおいしかったです。おかげで食べすぎました」

そもそもひとに給仕され、手作りの料理を食べるなど、何年ぶりか思いだせない。あたたかい気分で基が微笑むと、強面の医師が目元をやわらげた。

「しかしまあ、あいつらは将棋さしながら、正月からなにをかたい話してんだか……」

その後、ちらりと那智を見てのあきれたような言葉に、基が意識を那智に向けると、いきなり物騒な話が飛びこんできた。

「——では、大平《おおひら》さんのご主人が亡くなられたあと、かなり揉《も》めたんですね」

「ああ、嫁が強欲でな。兄弟にはびた一文譲らんと言い張って。最後まで面倒見たのはあたしなんだからと言うんだが、同居しててもろくに介護もしてなかったのが本当のところだ」

ぱちりぱちりと駒を動かしながら、村瀬翁と那智が延々話しこんでいるのは翁の知人である家の、遺産争いの相談らしい。どうやらうっかり、弁護士の知人がいると漏らしたら、話を聞いてもらってくれと頼みこまれたらしかった。

「遺産の分配については、正式な遺言状があればまた違うと思うんですが」

「それが困ったことに、ないんだよ。おまけに隠し子まででてきてなあ。しかもあれの孫と同じ年だっていうから」

白い眉をひそめて、ぱちりと駒を置いた。すぐさま那智が次の手を繰りだす。「うぐっ」と翁はうなり、腕組みをした。

「それはかなり、ややこしいですね。場合によっては誰か、弁護士紹介しますけど」

「うーん……泥沼になりそうなら、頼むかもしれん。それは、正吾じゃいかんのか？」

「俺は相続問題などは専門外ですので」

那智が扱うのは刑事・少年事件だ。むろん知識はあるが、民事は得手ではない。正式な依頼をされても手に負えないと苦笑した。

「専門？　弁護士ってのはなんでもできるんじゃないのか」

「たとえはちょっと違いますが、小児科の医者に内科の患者を診ろというようなものですよ。共通の知識はあっても、専門ではない」

端座する那智をまえに老医師は「なるほど」とうなり、白髪をばりばりと掻《か》いた。その間にも盤面を駒で埋めていくふたりに、基は感心してしまう。

「話しながら、よく次の手とか考えられますね」

村瀬に言うと、「半分はじじいの時間稼ぎだよ」と笑っていた。

「正吾と話すのが楽しいのもじっさいだろうけどな。むかしっからああして、ここんちにきちゃあ、制服姿のまま、将棋だの、碁だの指してた」

まだ学生服の那智の姿を想像した。いまよりもずっと細く——この着物がちょうどよかったくらいのころの彼は、きっと研ぎ澄ました刃のような美青年だっただろう。

村瀬は基に顔を寄せ、ひっそりと声をひそめる。

「最初のころは、たいして会話もなかった。無言でばちばち、親の敵みてえに将棋指して。のっけから正吾が勝ちまくるもんだから、じじいがムキになって引き留めて」

「そうなんですか」

「ある意味、無言で会話してたんじゃねえのかな。俺はヘタクソだからわからんが、将棋とかって相手の腹、読み続けるようなもんらしい」

那智が荒れていた時代、夜遅くまで無言で将棋盤を囲み、そのかたわらではフミが食事を作って与えた。そして会話にならない会話で、ゆっくり、ゆっくりと、老夫婦は凍っていた那智の心を溶かしていった。

同時に、ここの家まで友人を引っ張りこみ、祖父母へとふれあわせようとした村瀬も、傍観者の顔をしながら那智をそっと支えてくれたことは想像にかたくない。

——ありがとうは、こっちが言うこどだよ。

フミの言葉を思いだし、やはり、ここの家に、つどうひとびとに基は感謝したいと思った。彼らに出会わなかったなら、きっといまの那智ではあり得ない。そしてそれはとりもなおさず、基がいまの基ではありえないということなのだ。

それでも、野暮な言葉は口にはしなかった。目を見交わし、にやりと笑った村瀬は充分に、その程度のことは承知していると知れたからだ。

なんとなく共犯者めいた表情で視線を交わしあっていると、老翁のうめきが聞こえた。

「ああもう、こりゃいかん。あっちの話が気になって、集中できん！　正吾、勝負はまたおあずけにしよう」

「わかりました、次の機会に」

くつくつと喉奥で笑うのは、どうやら那智のほうが優勢であったからだろう。ムキになったような翁へ軽く頭をさげる。

「そろそろおいとまします。長居してしまいました」

「ああ、もうこんな時間か」

この家に到着したのは夕方だったが、時計を見ると八時をまわっていた。

うなずいた村瀬翁に会釈《えしゃく》した那智は、さて、とこたつのほうを振り返った。

「引きあげようと思うんだが、……基、それはどうする？」

「なにがれすかあ？」

そのままあきれたような笑みを浮かべる那智が見つめたのは、すっかりできあがっている様子のマサルだ。基がせっせと手料理を胃につめこんで、那智が相続問題の相談を受けている間に、村瀬とフミと三人でいい調子で飲みまくり、すでにへべれけだった。

「……どうもこうもない、みたいな気がしますが」

「そのようだな」

基がまだぱんぱんに張っている腹を押さえてつぶやくと、那智はまた笑った。

（きょうは、ご機嫌だ）

朝からずっと、いつになく微笑みを絶やさない那智に、基もなんだか嬉しくなる。この家のひとびとを好ましく思っていることがうかがえる表情は、見ているだけでほっとする。

いつでもむずかしい仕事に神経を張りつめている那智の、こんなになごんだ気配はめずらしい。そして、すこしだけ胸がちくりとする。

（家でも、こんなふうにほっとさせてあげられればいいのに）

まだ基では力ないのだろう。彼に助けられ、護《まも》られるばかりの存在を抱えていては、きっと安堵《あんど》を覚えるには足りないのだ。

フミも、村瀬翁も、そして村瀬自身も、しっかりとおのれのちからで生きているひとびとだ。穏和で、心が強く安定している。だから那智もこんなにゆったりとかまえていられるのだろう。

（俺もこんなふうに、なりたい）

あたたかいやさしいひとびとに、すこしでいいから近づきたい。未熟な心をもっと鍛えて、那智の背中をあずけてもらえるようになりたい。

ひっそりと決意する基をよそに、那智は早々に酔いつぶれたマサルのピックアップをあきらめたようだった。

「村瀬、それは置いていっていいか？」

「ああ、もう泊まらせてきゃいいだろ。どうせじじいがまだ飲み足んねえし……おまえに負けこんで」

「まだ負けとらんっ。お預けだっ」

不機嫌丸だしの顔で怒鳴った翁は、孫のまえにぐい飲みを突きだした。村瀬はやれやれとため息をついて酌《しゃく》をする。

「絡まれねえうちに帰れ、帰れ。またな、基」

「はい、お邪魔しました。先生、今年もよろしくお願いします」

「ああ。っとそうだ、受験がんばれよ！」

はい、とうなずいて立ちあがった基は、いまさらながら着物のまま、着替えていなかったことを思い出す。

「あの、これどうすれば……」

「ああ、もう着て帰ればいいだろ。ばあちゃん、このとおりだし」

村瀬に「このとおり」と顎《あご》で示されたフミは、こたつにはいったまま船を漕いでいる。いい気分で眠っているようなのに、起こすわけにはいかないだろう。

しかし、迷っていた基はあっさりした那智の言葉に目を瞠った。

「着替えはその袋みたいだ。どうせ、基にやるつもりだったんだろうしな」

基が「えっ」と声を裏返す。村瀬は補足するように続けた。

「俺に、基って子はどれくらいの大きさだ、細いか太いかって、さんざん訊いてきた。カルテから、身長と体重を教えてやったよ」

「じゃあ、これ……」

――ああ、裄と丈は、いい塩梅《あんべえ》だねえ。

わざわざ基にちょうどいいよう、直していてくれたのかと驚き、また納得した。

実際、那智がいくら若いころのものと言っても、基と彼では根本的な体格が違いすぎる。

こうもしっくりくるのはおかしいと思ったのだ。

「あんまり仰々しいと、おまえが遠慮するだろうから、すっとぼけてたんだろ。なんか夜中にちくちくやってたからな」

だから素直にもらっておけと重ねて言われ、基はなんだかじんわりとなった。

そっと胸元を手で押さえたあと、拳《こぶし》を握る。

「あの。今度、おばあさんに、なにか贈ります」

「いいよいいよ、気にしなくて」

「そういうわけにはいきませんから」

基が食いさがると、村瀬は顎髭《あごひげ》を撫でて「んん」と思案した。

「どうしてもってんなら、なんかあんこ系のあまいもんにしてやって。好きだから」

「わかりました。本当に、ありがとうございました。今度あらためてお礼にうかがいます」

ぺこりと頭をさげると、基の着替えがはいった袋を持った那智が、なかからマフラーだけをだして首にかけてくれる。

「すぐ車だけど、外は冷えるから、かけていなさい」

「あ、はい」

やさしい手にそっとそれを巻きつけられ、驚きつつうなずく。けっと村瀬が吐き捨てた。

「あーあーあー、帰れこの万年新婚！　独り身のまえでいちゃつくなっ」

「なにをひがんどるか俊憲。おまえもいいかげん身を固めんか」

「うるせえよ、ほっといてくれ！」

きょうはつくづく新婚呼ばわりされる日だ。真っ赤になりつつ、けんか腰の祖父と孫に送り出され、ようやく那智と基は村瀬家を辞したのだった。

＊　＊　＊

いとまを告げた時間が悪かったのか、渋滞のひどい道路に捕まってしまった。

いきの倍の時間をかけて自宅へ辿《たど》りついたため、着物姿の那智と基は玄関をくぐるなり同時に大きなため息をついた。

どちらからともなく、それがおかしくて笑いあう。

「お疲れさまでした。お茶いれましょうか？」

「ああ、頼む」

半日空けただけだったが、事務所も、階下の基とマサルの部屋にも誰もいなかったせいか、広いリビングはしんと冷えきっている。床暖房とヒーターのスイッチをいれて、基はすぐに台所に向かった。

(やっと、胃がひっこんできた)

長めのドライブの間に、フミにせっせとつめこまれた食事はだいぶ消化したようだ。

着物はすこしばかりまだ慣れず、動くのにも不自由だったが、せっかくなのでもうすこし着ていたかった。

リビングに戻ると、着物姿のままソファに座り、じっとなにかを考えている様子の那智がいた。基は一瞬足を止め、昼間、おせちを食べたローテーブルにいれた茶を運ぶと「どうぞ」と勧めた。「ありがとう」と微笑み、那智は湯飲みを持ちあげる。

那智の向かいに正座し、基もまた自分の茶をすすりながら問いかけた。

「明日はマサルくん、帰ってくるでしょうか。初詣、そのときにしますか？」

帰宅の途中、本当なら初詣でもするかと話していたのだが、思っていたよりも長居してしまったことと、その渋滞で予定は変更となった。

「まあ、いなければいないで、すませてもかまわないが」

「……でも、ふたりだけでいったら、あとでうるさそうなんですけど」

この手の行事について、声をあげてやりたがる張本人がマサルだ。

クリスマス、正月、花見。イベント気分を満喫するのも大事だと、にぎやかに基を振りまわし、那智をつきあわせる彼のおかげで、行事ごとはしっかりやらされている。

「それもそうか。じゃああいつが戻ってからだな」

うなずく那智は、一瞬黙ったあとなにかを思いだしたように苦笑を浮かべている。

「なんですか？　笑って」

「いや……村瀬が」

なにか含むところのありそうなそれに、基が首をかしげると、那智がしらっとした声で言った。

「おまえの家は、母親と子どもで年齢の上下が逆だと」

「は？　逆って……」

「しつけは行き届いたらしいが、だそうだ」

一瞬、なんのことかと首をかしげる基だったが、ふだんからかってくる医師の言動を思い起こせば、意味するところはすぐに理解できた。

要は、那智と基の『夫婦』に対して、マサルは『大きなコブ』というわけだ。

「また、村瀬先生も、すぐそういうことを」

嘆息しつつも、基自身マサルのことを、大きな子どものように感じることもある。マサルは本質的には聡《さと》い達観した男だが、それゆえにわざと幼く振る舞ってみせる部分がある。

基に対してなんだかんだと言葉や友情をかけてくれるマサルだが、彼自身の十代の時間もけっして平穏だったわけではないと聞いている。

「俺がいろいろ、やったことないんで。騒ぎたてて遊ばせてくれてるのは、本当はマサルくんだと思うんですけどね」

子どもらしい子ども時代を送らなかった基が苦笑まじりでつぶやくと、那智は「おおむねは同意だが」と言った。

「あいつが、そこまで深く考えているかどうかだな。ああして騒ぐのは以前からだし、単に祭り好きって話もある」

「……それは、まあ」

マサルが中学生のころから世話をしている那智の言葉だけに説得力はあった。

「あとはどっちかというと、お母さんにあまえる子どもって感じだな。基が、ああしようこうしようと言われても、断らないから」

「お母さんって……那智さんまで、そういうことを平然と言わないでください」

くすくすと笑う那智に声を大きくするが、こたえたふうでもない。

年々、この弁護士は基に関してのあれこれへ居直る度合いがひどくなっている気がする。やれやれとため息をついた基は、意味もなく着物の褄《つま》をいじった。

目のまえで、那智はゆっくりと茶をすすっている。静かなたたずまいにしばし見惚《みと》れた。

（きれいだな）

那智は現在、四十をすぎている。けれどあの浮き世離れした美貌はいっこうに衰えず、引き締まった身体の所作も相変わらず隙《すき》がない。基が、この世でもっとも尊くうつくしいものだと思っている男は、熱い茶を何度かすすって息をついた。

那智も基もあまりおしゃべりなほうではなく、ふたりきりだと、本当に静かだ。マサルが不在になると、その存在感がやけに気になるのは静寂の長さを意識するからだろう。

だが、さすがにもう三年。以前のように、どうすればいいのかとうろたえることもなくなった。那智との間に落ちる沈黙は、不快なものではない。彼が口をききたくないなら、基はいつまでも待っていられる。

けれどきょうは、忘れてはいけない問題が残っていた。

「那智さん。たしか、話があるんじゃないんですか」

「……ああ。そうだ」

タイミングを見計らった基が静かに切りだすと、「すこし待っていろ」と言い置いて、那智は自室に向かう。

「話は、これだ」

ややあって、書類袋を手にした彼が戻ってきたことで、出がけに自分が予測したことが正しかったのだと基は知った。

「覚えてるな。三年近くまえ提出した、未成年後見人の申立書の写しだ」

「はい」

袋から取り出された書類には申立人、そして事件本人として基の本籍に住所、未成年後見人候補者としては那智の情報が記入されている。

「もうすぐ二十歳になることで、この申したてにおける契約は終了するわけだが、……これの件に関しては、あとで話す」

「あ、……そうですか」

その件でないのならばいったいなにが、と目を丸くした基に、「まず確認する」と那智はかたい口調で切りだした。ふだんからけっしてくだけたとは言いがたい彼だけれど、今夜はとくに仕事モードらしい。基も緊張を覚えつつ、居住まいを正す。

「大学受験まで、あと一年はあるわけだが……以前話したように、四年分の学費については、俺のほうがださせてもらうことで異存はないな？」

「はい。お世話になります」

「その間の生活についても、大学卒業までは心配しなくていい。たとえば生活費のことを考えたりして、無理なアルバイトもしないでほしい」

念押しをするようなそれに、基は「わかっています」とうなずいた。もうこれらのことも、何度も何度もふたりで――ときにはマサルや村瀬を交えて――話し合ってきたことだ。

「就職についても、大学の四年間でしっかり考えて、自分の好きなことをしなさい。途中で専攻を変えたいこともあり得る。そのときは俺に気兼ねせず、やりたいことを選ぶように」

「はい。きちんと考えます」

真摯《しんし》にうなずき、基は微笑んだ。しかし、那智はまだ話は終わらないとでもいうのか、おのれを律したようなかたい表情を崩さない。

（なんだろう）

その顔に、ふだんにはない緊張が見てとれて基はいぶかる。じっと見つめたさき、一瞬だけ那智は目を伏せて、それから、と続けた。

「その後のことについてだが。きょうの、村瀬翁と俺の話を、すこし聞いていただろう」

「え？　あ、はい……」

「あれで俺も、やはり決めておくべきだと思った」

那智らしくもなく、妙に前置きが長い。ここでなぜ村瀬翁の話になるのだろう。やはりとはなんだ。内心では首をかしげながらも、ひとまず基はうなずく。

だが、続けられた言葉のあまりな内容には、息を呑むしかなかった。

「基。俺の死んだあとにも、おまえの生活にはなにも心配はいらないようにする」

「……え？」

一瞬、なにを言われたのかわからず、基はぽかんとなった。ややあって意味を把握するなり、すうっと顔から血の気《け》が引いていく。

「遺産に関して、無駄にいろいろあるものだからな。ややこしい手続きについては俺のほうで片づけておくから、あとはサインをしてくれればいい」

いいながら、那智はさきほどとは違う書類をテーブルのうえにだす。基は思わず腰を浮かし、「ちょっ……那智さん？」と声を険しくするが、彼は淡々と続けた。

「遺言状はもう作成してある。相続税についても、それなりの処理はしておくから、問題は」

「待って、待ってください。なんの話ですか！」

机に手をつき、基は蒼白《そうはく》な顔で身を乗りだした。まるで予想外のほうへと話が転がって、すさまじい混乱が基の頭をぐちゃぐちゃにする。

「まだ話は終わってない。最後までちゃんと聞きなさい」

「なん……なんでですか。遺言状とか相続とか、なんで急にそんなこと言うんですかっ」

いいから聞きなさい、と那智は重ねて静かに告げたが、いやだと基はかぶりを振った。

（なんだ、これ。なんで、こんな話に）

遺産。さきほど那智は、あまりにさらりとした声で告げた。その瞬間、ずん、と胃の奥に氷の塊《かたまり》を押しこまれたような気がした。

「急な話じゃない。ずっと考えていたことだ」

「だからなんでそんな……し、死んだあとのことなんか、考えるんですか！」

仮定でさえいやだ、聞きたくない。那智が――この世からいなくなる瞬間のことなど、おそろしくて考えたくもない。

瞬時に思いだしたのは、自分をかばって血を流したあのときの、おびただしい赤い色。そうして怪我の予後が悪くて寝こんだ彼の色のない顔。

なにより、彼にいまも残る、斜めにひきつれた背中の疵《きず》。そして、村瀬の苦い声。

――あいつの背中はな。あれのせいで、うまく皮膚呼吸ができねえんだよ。

いつだったか、無茶をしすぎる那智をたしなめてくれと、村瀬が基に告げたことがある。

――刺青《いれずみ》ってのは、皮膚を傷つけてできるものだ。つまり広範囲にわたって、あいつの皮膚は、半分死んだ状態だと思っていい。そんなことが身体にいいわけもないんだ。

ひとによっては代謝機能がうまく働かなくなり、年を経ればなおそれが影響してくる。

その証拠に熱をだすとひどく弱るのだ――と、無理がたたって寝こんだ那智の枕元で、重い息をついた彼はつぶやいていた。

粋がってその身に派手な絵柄を描く鉄火な連中は、もともとはその生き様からの因果で、短命なものだった。だから刺青の与える身体への影響を知るより、べつの要因でこの世を去ることも多かった。

――いまの若い連中はそんなこともろくに考えてねえだろう。あいつは自分で望んでそんなものを背負ったわけじゃない。だが、現実としてあいつの背中には刺青がある。

いやだろうがなんだろうが、どうでもつきあっていかなきゃならん。そうつぶやいた村瀬の表情はかたく、基はなにも言えなかった。

――それこそ、あんな男を死なせちゃ、いかんだろうが。

だから彼の無茶を、傍らでどうか止めてやってくれと告げた村瀬は、基への配慮か背中の疵についてはふれることはなかった。

ガラスで引き裂かれたあの大きな疵痕《きずあと》が、いくら内臓には達していなかったとはいえ身体の負担にならないわけがない。けれど、たとえば四十度を超える熱をだそうとなんだろうと、彼は自身の体調にあまりに無頓着で、基のほうが苦しくなるのが毎度のことだ。

無茶をするなと言っても、聞かない。痛くとも痛いとは口にしない。

仕事も、暴力や殺人などの物騒な事件を扱うことが多く、関係者から逆恨みを受けることもある。この三年で、事務所にいやがらせをされた件も基は見た。そして那智の過去にまつわる、裏社会の人間らとの、切りたくても切れない血という悪縁。

那智はあまりにも、死に近い。ときどき基にはそれが、彼の背中にある疵に同じく、自分のせいではないかとさえ思うこともある。

——遺言。

平和な人生を送る頑健な人間であれば、笑い話にもできただろう未来の話を、基はこわばった表情で拒んだ。

「死ぬときの話なんて、しないでください」

「基……」

「聞きたくありません！」

かたくなにかぶりを振った基へ、言いかたが悪かったと那智は苦笑した。

「基。俺はべつに、いますぐの話をしてるわけじゃないんだ」

「あたりまえです！」

悲鳴じみた声で叫んだ基に、ふう、と那智は息をつき、「落ちついて聞け」と言った。

「考えてみなさい。俺はおまえより、いくつ年上だと思う？」

どこまでも穏やかに告げられ、基は顔をあげる。若々しく見えても、那智と基は二十一歳の年齢差があるのは事実だ。

それがどうしたと、意固地に睨《にら》むような基の目つきにも動じないまま、那智は続ける。

「悲観的な話じゃなく、考えたことだ。二十年か三十年か経てば……まあもうすこしは時間があるかもしれないが、どうあったって俺のほうが先に逝《い》くことになるだろう」

淡々と告げる声に圧倒され、涙さえ止まった。そして、あまりに長くさきを見据えた那智の言葉に目眩《めまい》がした。

「万が一のときに、すべてをおまえに遺《のこ》したい。多少はマサルに遺すものもあるが」

「那智さん、それは――」

「いらないとは言うなよ。そうしてやりたいんだ。俺の我《わ》が儘《まま》だから、聞いてくれ」

大事なことだと諭されて、反駁《はんばく》の機会はすべて失われた。

「どの方法がいちばんいいのかを、この何年か考えた。それで……けっきょく、今年のリミットにいっそ、けじめをつけようと思った」

「けじめって、なんですか」

「未成年後見人制度は、名前のとおり基が未成年であるうちには、俺が後見人となることだ。

その後も俺がおまえの生活の面倒をみるにあたって、やはり、法的な手順は踏んでおいたほうがいいと思った」

言葉を切り、手にした書類をもういちど、那智は滑らせてきた。

「いろいろと方法はあって、成年後見人として新たにやり直す手もなくはないが、もっと手っ取り早い方法を、けっきょくは、俺は選んだ」

ただしそれには、基の承諾がむろん必要だけれど――と告げる那智は、どこかはにかんだような、そのくせすこし不安そうな顔を見せる。

あまり見たことのない種類のそれに、基の心臓はざわざわと騒いだ。

「手っ取り早いって、どういうことです」

理由もわからず、声はかすれ、理由もわからないまま早くなる脈に、じんわりと手のひらに汗をかく。

「自由にしてやりたいと思いながら、けっきょくエゴがでた。もう何年も悩んで、けれど俺はやっぱりその選択肢を、捨てられなかった」

那智の声はどこまでも穏やかで、口を挟むこともできないまま、まばたきも忘れて基は彼を見つめ続ける。あまりに真剣なそれに、那智は一瞬だけかすかに笑い、言葉を続けた。

「俺の希望を叶《かな》えるには、いちばんシンプルで……だがおまえには、いちばん重いかもしれない、方法がある」

「なん、ですか」

「基」

すっとあらたまった口調で、那智はまっすぐに基を見つめた。知らずこちらも背筋を伸ばしながら、次にくる言葉にそなえた基へ、気負いのない声が告げる。

「俺の籍に、はいるか」

一瞬、息が止まったかと思った。那智の言葉の真意を摑みあぐね、目を瞠った基へと、那智は辛抱強く繰り返す。

「深津基ではなく、那智の姓になるのは、いやか？」

「それ……」

じわじわと、さきほどの衝撃に失せていた血の気が基の頰へと戻ってくる。それはじきに、肌がひりつくほどの火照《ほて》りとなり、言葉もでないまま基は震えた。

「それ、って、……那智、さん」

彼の籍に、はいる。形としては養子縁組になるのは明確だ。だが基と那智の関係を考えたうえで、その申し出の意味するところといえば、ひとつしかない。

「だ、だってそれ、それって、つまり」

まさかのことに声はうわずり、言葉がもつれる。驚きに瞠ったままの目が痛んで、まばたきを繰り返すたびに基の目は潤んでいく。

「一般的な手順なら、指輪のひとつでもついでに添えるところなんだろうけどな」

那智のかすかに照れたような、笑いのにじむ表情に、心臓が壊れるかと思うほどに大きく高鳴った。視界が霞《かす》む。もっとちゃんと、大事な話をしてくれる大事なひとを、きちんと見つめていたいのに。

「いら、いらないです。そ、そんなのいいです！」

喉がひくりと鳴って、叫ぶように言ったそのとき、一気に決壊を迎えた基の目からはあっけなく涙があふれていく。

「――いやなのか？」

「違います、ゆ、指輪とか、そういうのは……けど、でも、それっ……」

意地悪な訊きかたをしないでくれと、片手で顔を覆って基はうめいた。

（うそだ、だって、……なに？）

心臓が破れそうで苦しくて、それなのに全身に満ちたこのあまくあたたかな感情は、なんだろうか。

こんなことはあっていいのだろうかと、嗚咽《おえつ》をこらえながら基は思う。那智はなにを促すこともなくじっと、見つめながら基の返事を待ってくれていた。

ひとしきり感情の波がおさまるまで、浅い呼吸を繰り返していた基は、かすれた声で問う。

「本気、ですか。お、おれで、いいんですか」

「おまえ以外に、なにをどうしろと？」

愚問だとあっさり言われ、さらに混乱はひどくなった。

「だって、そんなことしたら那智さん、結婚もできなくなります」

こんな大きな息子がいきなりできて、もしも妻に迎える女性ができたらどうするのだろう。あまりに埒もなくあり得ない――あってほしくない――仮定まで口にすると、那智はさすがにあきれたように笑う。

「だからな、基。俺はさっきから、おまえに――」

混乱がひどい基に、どうしてそういう話になるんだと、いっそわざとらしいまでに憮然《ぶぜん》として那智は言った。

「――形は違うが、要は結婚してくれと頼んでいるわけなんだが、通じてないか？」

「……っ」

おかげで基は言葉もなくして、もっと情けなくしゃくりあげてしまう。

くしゃくしゃに歪んだ顔をもう、自分でもどうにもできないまま、本当にまるで、子どものように手の甲で顔をごしごしとぬぐって、それでも追いつかない涙に途方にくれた。

「まったく……おいで、ほら」

広い胸に招かれ、差し出された腕に縋《すが》るように飛びこんで、基はひしっと那智に抱きついた。

「べつになにが変わるわけじゃない。変わらないための話をしてるんだから、泣くことはないだろう」

「す、すみません」

びしょぬれになった頬を大きな手が何度もぬぐい、あやすように髪を撫でられる。ふれる手がやさしければやさしいほど涙が止まらなくなって、基は震える声をどうにか発した。

「お、俺、二十歳になったら、きちんとしようと、思ってたんです」

「うん？」

きょうの話し合いの際に、こちらからもあらたまってお願いをすることがたくさんあった。基と那智を、ただの恋人でいられなくする金銭面の負担について、だからこそきちんとした形を決めてもらいたかった。

「お金のこととか、那智さんは返さなくていいって言うと思いますけど、俺は、もらえないから。まだしばらくは学生だけど、大学も、奨学金のことも考えて……いままでしてもらったことについても、返済方法とか、考えて」

声が震え、喉にひっかかりそうになる。何度も唾液を飲みこみ、基は必死に声をだした。

「で、でも那智さんと一緒にいたいから、ここにいさせてほしいって、お願い、するつもりでした。一応、自分の今後の仕事とか想定したうえで、生涯賃金の計算もしてて」

「生涯賃金……相変わらずまじめだな、基は」

「茶化さないでください！」

那智は苦笑したが、基にとっては笑い話ではなかった。

すこしずつ返済するつもりでいるから、できれば借金の形でなにか書類を作ってくれと頼むつもりだったのだ。

なのにそれらの基の思惑を、数段飛ばしで蹴散らされて、どうすればいいのかわからない。

遺産だの遺言だのと、物騒なことをさんざん言って怖がらせて、そのあげくにこれだ。

「な、なのに結婚て、なんですか、それ。想定外すぎて、俺、なにがなんだか……っ」

さすがにこんな事態は考えていなくて、いまもまだ基は混乱している。けれどさきほどの冷たい感情は身体のどこにも残ってはいなくて、ひりひりと肌が痛いくらいに熱い。

涙に火照った顔を那智の広い胸にぎゅっと押しつけると、やさしい声が静かに問いかけてくる。

「想定外か。できるわけないと思ってたから？」

こくこくと、まるで子どものようにうなずいて、基は鼻をすする。そうしてから、手のなかにぎゅっと彼の着物を握りしめ、夢ではないのか、いまここにある彼はこの指をすり抜けないだろうかとたしかめるようにしたあと、おずおずと顔をあげた。

「……いまの、本当ですか」

「こんな嘘《うそ》をつくほど悪趣味じゃない、ちなみに夢でもないぞ」

考えを見透かしたように頬を軽くつねられた。痛くはないけれど、くすぐったいそれに基はかすかに眉をひそめ、ようやく涙の止まった顔を赤らめる。

派手に泣いたせいか、頭がぼんやりとしている。あまやかすような那智の手も悪いのだろう、髪も頬もうなじも、ゆったりと何度も撫でられて、頭のなかまで溶けてしまう。

「念のため確認しますが、俺、那智さんの、その……奥さんになるんですか」

「法律上は子どもになるが、じっさいにはそういうことだな」

「……ものすごく似合わない気がします」

おかげでぼんやりとしたまま、ふだんの基なら恥ずかしくて口にできないそれを問いかけた。那智はいたくあっさりと首肯した。

「似合わないもなにも、いままでと同じだろう。マサルや村瀬に嫁だの幼妻だのと言われてどれだけ経つんだ」

額をあわせて那智は笑う。至近距離の端整な顔に基は目を細め、青い目にかかる睫毛《まつげ》の淡い色合いをうっとりと見つめた。

「結婚っていうのも、お互いの人生に責任を取る契約みたいなものだ。それだったら俺が、基の人生に関わりたい」

真摯な、そしてできるだけ重くないように選んだ言葉に、基はこくりとうなずく。

「これでもまあ、それなりに……悩んだ。けど、いまさら基なしの生活はもう、考えられそうにない」

馴染みすぎたとすこし苦いつぶやきは、唇に直接ふれた。じわんとそこが痺《しび》れたようになり、基は小さくあえいでしまう。

「う、ン……」

長いこと、金銭面やそのほかの面で基の保護者であることで、那智が逆の負い目を感じているのも薄々知っていた。だからこそ、この申し出にどれほど彼が悩んだのかを思えば申し訳なく、そしてたまらなく嬉しい。

悩み苦しんでけっきょく離せないと告げられたそれに、彼の愛情の深さと重さを知る。そしてそれらは基にとって、ただ幸福なばかりの重責だ。

「那智、さん……」

「その呼び方もな」

そのうち変になるかもしれないと笑われ、意味するところを知って基は赤くなる。籍をいれれば、基もまた『那智』になるのだ。

「……正吾さん……？」

おずおずと口にすると、こめかみが痺れるほど恥ずかしかった。那智もまた同じようで、なんとなく笑みがくすぐったそうだ。

「大学にはいってから名字が変わるのも、手続きが却《かえ》って面倒になるかもしれないが……いまの時期が時期だから、どうする？」

「そんなこと言って……どうせ、用意してあるんでしょう」

那智のことだから、抜かりがあるはずもない。基が応じればすぐにでも、書類上のことは済んでしまうに違いないと上日に問えば、ばれていたかと悪びれず彼は微笑んだ。

「まあ、明日にでもというわけにはいかないが。高校卒業のタイミングで、どうだ」

「なんでもいいです。弁護士さんにお任せします」

なんだかおかしくなってしまって、ちいさく笑いながらすらりとした首筋に縋りつく。

「子どもでも奥さんでも、なんでもいい。俺は那智さんの、正吾さんの、ものになりたい」

「基……」

「もう、とっくにそうですけど」

出会ってから心はすぐに、そして身体も命さえも、那智へと全部あずけたままだ。そこに名前とこのさきの人生とをくわえ、彼に縛られるなら本望だ。

それだけしか望まないといってもいい。

「あなたが好きです。好きで、……それだけじゃない」

「基？」

言葉が気持ちに追いつかなくて、基はこれじゃ足りないとかぶりを振り、涙声でつぶやく。

「言葉じゃ言えない。怖いくらい、全部です」

那智が死ぬときのことを想像しただけで心がつぶれそうになる。だから、遺言とかそういうことを言うのは、やめてほしいと告げると、那智はすこしばかり、苦い顔をした。

「……おまえは、俺がいなくても幸せでいなさい」

「いやです」

「基」

即答に、那智は困ったように名を呼んだ。しかし、これだけはいくら那智の言うことでも聞けないと、基はふだんよりよほど子どもっぽい言葉で「いやだ」と繰り返した。

——二十年か三十年か経てば……まあもうすこしは時間があるかもしれないが。

基を安心させるためにか、彼は急いでつけ加えるように、長くさきがあるような言いかたをした。けれど、そのまえにつぶやいた具体的な年数が、重く基のなかに残っている。

どうせこの男のことだから、自分がいなくなったらさっさと忘れて、ほかの誰かと恋愛でも結婚でもしろと言うのだろう。

(そんなこと、できるわけない)

那智が向ける基への愛情は無私といってもいいもので、だから今回の件にも長いことあれこれ、心を煩わせていたのだろうことは予想できる。

だがそれこそ杞憂で、そして大きなお世話だ。

「いやだじゃなく、基」

「いやです。那智さんがなにを言っても、それだけは無理です」

この重さは忘れない。そうして那智に無理もさせない。きちんと彼が正しくしかるべき長さまで生きて、それを見届けるのがたぶん、基の役割だと思う。

「あなたが死んだら、俺は絶望する」

「基……」

「後追いなんかするなと言うなら、しません。けど、ひとりでずっと絶望したまま生きます。でもそれは平気です。会うまえに戻っただけだから」

那智のことだけ考えて泣き暮らすと告げると、彼は苦笑して背中を叩いた。強がった基の声がまた涙に曇っていることなど、とうに気づいていたのだろう。

「おい、脅すな」

「だったらそんな話、しないでください！」

泣いて怒ると、悪かったと小さな声が告げた。謝罪に首を振りながら、嘘をついてごめんなさいと基は内心でつぶやく。

（絶望なんか、しない）

たぶん那智がいなくなったあと、自分は言葉どおり、どうにかふつうに暮らすだろうと思う。それが彼の望みならば健やかに生きていけるだろう。

だが、恋はもうできない。那智を知って、愛して、愛されて、そのあといったい誰にこの心をあずけることができるだろうか。

「……正吾さん」

「うん？」

愛しています、と真摯に紡いだそれは、互いの唇の間に溶ける。涙混じりのキスはすこし塩辛く、だが絡みついた舌のあまさにすぐ馴染む。

「これから、よろしく、お願いします」

「……こちらこそ」

静かに微笑みあって、きつく抱きあった。不器用なプロポーズを受けいれて、じんと胸があたたかく痺れ、基の濡れた目はどこまでも幸福に細められていた。

＊　＊　＊

長い口づけをほどくと、すっかり基の身体は淫《みだ》らに火照っていて、それは那智も同じようだった。手を引かれて、寝室に向かうことにも否やがあるはずもなく、耳たぶまで赤く染まったまま基は那智に従った。

しどけなく乱れそうな着物の裾を押さえてベッドに腰掛ける。二階にある自分の部屋にも基の寝室はちゃんとあるけれど、この三年近くの間、横たわった回数はこちらの広いベッド

のほうがよほど多い。

「……ん、んん」

きつく抱きしめられ、もう何度目かわからない口づけに必死になって基は応える。体重をかけないようにしてのしかかってきた那智の身体に腕をまわすと、袂《たもと》が落ちて細い腕があらわになった。

「あっ……んんっ」

ふいにその腕の内側を大きな手のひらに撫でられ、びくりと震えて顔を離すと、絡んだ舌が唇の隙間から覗《のぞ》く。だが逃げたそれを許さないというように追いかけた那智の唇がきつく舌を吸いあげてきて、くたくたとちからの抜けた基はシーツに横たわった。

「あ、……ま、待ってください」

「ん……？」

そのままめくれた裾に手をいれられ、膝を撫でた那智の胸をあわてて基は押し返す。気が乗らないのかと目顔で問いかけてくる彼に、そんなことがあるはずがないと同じく目で答えた。

「あの、那智さん。してみたいことがあるんですけど、いいですか」

基は消えいりそうな声で告げる。いぶかる声をだした那智の顔を見ていられず、膝立ちで身体のうえにいる男の腰に手をあて、そこからおずおずと、彼の中心へ手のひらを滑らせた。

さきほど那智がしたように裾のあわせから手のひらを差しいれ、かすかに兆しているものにふれる。初手からあまりに大胆な基の所作に那智はうつくしい目を瞠って、けれど強くは抗わなかった。

「なにを、するんだ」

「これ、……きょうは、俺がしたい」

撫でさするうちにちからを増していくそれに、基の喉が干あがる。かすれた自分の声がどうしようもなく欲情した響きになって恥ずかしいけれど、これからしようとしていることのほうがもっとはしたないのだと知っている。

「……ここで？」

辿々《たどたど》しいつぶやきと愛撫に、察しのいい男はすぐに意図することを知ったのだろう。すらりとした指先で唇を撫でて問われ、基はさつく目を閉じてうなずいた。

「していいですか」

「平気か？　あまり得意じゃないだろう」

確認する心配そうな問いに一瞬つまって、けれど基はまた首を縦に振る。

身体をつなげるようになってからも、那智に対して奉仕するようなことを、基はめったにしたことがなかった。というより、那智が渋ってほとんどさせてもらえなかった。

那智も案外とこういう時間には激しい面もあって、いろいろと――常軌を逸しない程度の淫らな意地悪をされることもあったけれど、能動的な愛撫を強要されたことはいちどもない。

生まれてはじめて抱かれたとき、唇で愛撫される快楽を教えこまれた。彼の形よい唇に何度も放埓《ほうらつ》まで追いあげられた、あの強烈な感覚はその後も何度も訪れて、けれど同じものを返せている自信がない。

（あれを、してあげたい）

放つより吸いあげられていく瞬間の総毛立つような快美感、舐め溶かされるようなあの愉悦。受け止め教えられたそれを、那智に返して、与えたい。感じさせられるだけでなく、感じてほしい。

ふれたいとねだれば、さわらせてはくれる。けれど基にそうしたことをさせるのを彼はあまり好まないようで、何度かチャレンジしたけれど、大抵は途中で止められるか、やんわりと躱《かわ》されてばかりだった。

それが那智の気遣いと知っていたから、いままで基も強くは言えなかったけれど、三年も成長できていないのはくやしい。

「気持ちよくなってほしいです。俺の口、で」

今夜くらいは、いいのではないか。互いにわだかまるものも過去も、充分にふたりで乗り越えてきて、いまさら遠慮はしたくないし、されたくない。

なにより、自分の身体で那智のそれにふれられる場所があるのなら、どこでもいいから全部知っておきたいのだ。那智に尽くしたいだけでなく、あさましいくらいに欲している。

「基……だが、それは」

「したいんです。無理じゃないです、できます」

ためらう声にかぶせるように、すこし強く基は告げた。そうして彼の性器をゆるゆるとこすりあげながら、手のひらさえ感じて息があがる自分をごまかせない。

困惑に硬直した広い胸を押して、ベッドに座らせる。その長い脚の間に額《ぬか》ずいて、お願いだからさせてくれと繰り返した。

「那智さんの、ずっと、舐めたかった。口に、いれて、ここで」

こうして、と裾をめくりあげ、那智の下着を引きおろした。さすがに一瞬、逞《たくま》しい腿《もも》がびくりと反応して、ぞくぞくする背中を基は震わせる。

「……ん、っ」

彼の唇が拒絶を口にするまえに、高ぶりの先端に唇をつけた。これに、いつでも翻弄されぐちゃぐちゃに乱れて、よがり泣いて悶《もだ》えさせられている。

目を閉じてしゃぶりついていると、腰がうずいた。手にしたそれがひくりと顕著に動いて、なまなましいその感触にも舌触りにも、基はただ夢中になる。

「ふ、んむ、んっ……」

「まったく……大胆なことを」

那智は根負けしたというように苦笑混じりの声をだした。そうして脚の間に顔を埋《うず》めた基の頭を、静かに撫でてくる。

「無理だと思ったら、やめなさい」

「やめません。無理なんかしてない、です」

こうして那智のいちばん大事なところを口にできるのに、もったいなくてそんなことできやしない。くわえたままかぶりを振って、びくびくとするそれを口いっぱいに頬張った。

「んぐっ」

とたん、ぐんと漲《みなぎ》るそれに顎の裏を突かれて、基は一瞬むせそうになる。髪を撫でた手がぴくりと止まったけれど、平気だと知らせるために思いきってはいるところまで口腔に招きいれた。

(あ……すごい)

喉の奥までふさがりそうで、涙がにじんだ。息苦しく、顎もつらくて、それ以上にどきどきした。

「んく……ふむ、うっ、んっ、んっ」

精一杯開いた唇でもつらいそれにあえぎながら、奪われることを知り、快楽を得るようになったあの場所が、じくりと疼《うず》くのを基は知った。

こんな大きくてかたいものが、いつも自分のなかにはいっているのか。そうして恣《ほしいまま》に暴れて、基をあんなに乱れさせてくれるのか。

（ここ……形、膨れてるとこが、いつも……）

くびれに舌をあてながら、基は無意識に腰をよじった。段差のあるそこでひっかけるようにこすりあげられると、ひとたまりもない場所が体内にあるのを知っている。そのときの動きを思いだし、抜き差しするように顔を上下させると、口腔をこすられていく刺激に声がでそうになった。

「んっんんっ……」

「苦しいのか？」

こめかみに伝った汗を撫でる指の持ち主は、どこか心配そうに基を見おろしている。その顔は平静なままで、これでは快楽を覚えているのは基だけではないかと不安になった。

はじめて仕掛ける愛撫に興奮を覚えている自分も、またうずうずと揺れそうな腰の疼痛にも羞《は》じらいつつ懸命に舐めしゃぶっていると、さらりと那智の指が髪を撫でてくれる。

「……っ、無理は、するなよ」

「んんっ、だから、してないです」

でも顔は見ないでほしいと、赤い頬で基はさらにうつむく。口いっぱいに頬張ったそれは頬を内側から押しあげるようにしてしまうから、あまり見られて嬉しい顔ではないだろう。

「してないって……こんな、小さな口でか？」

「あ、んふっ……んっんっ！」

なのにすこしかすれた声でからかうように告げた那智は、欲情の形に膨らんだ基の頬を軽くくすぐるように撫でる。内側と外側から淫らにこすられて、頬さえも性感を知ってしまったことをあらためて教えられた。

「ちょ、邪魔……しないで」

いつまでもそうして悪戯《いたずら》されて、持て余すような熱からいったん唇を離す。それでも強烈な存在に圧迫されていた舌はもつれて、どこか舌足らずに告げた抗議は聞きいれられなかったようだ。

「あ、も……那智さん、やめ……っ」

「正吾じゃないのか？」

「あ、うあっ」

からかうように言った那智の大きな手のひらが、するりとあわせから滑りこみ、あっけなく胸のさきに辿りつく。もうひとつの手は裾から這《は》いあがって腿を撫でるから、着物というのは本当に無防備な衣服なのだと思い知った。

「だめです、きょう……俺がする、って」

「ああ。でも、なにもするなとは言われてない」

機嫌のよさそうな声で言う那智に、あちこちと軽く撫でられただけで基はひくひくと震えてしまう。なのに平然としたままの彼が腑に落ちなくて、すこしばかり情けない。

「……よく、ない、ですか」

「うん？　なにが」

なんの話だと首をかしげた那智がふいに乳首を摘《つま》んできて、やんわりとしたそれにさえ基は息を呑む。口淫を中断され、それでも那智自身からは手が離せないまま、お返しとばかりにゆるゆるとしごきあげた。

「んっ！　へたすぎ、て……全然、感じませんか……っ？」

「……そんなことはない」

否定はしながら那智は笑っている。基は眉をさげた。

（うまくできないな）

また舌をまといつかせる。その間も胸をやわやわと摘む、悪戯めいた愛撫は止まらない。たびたび基は肩を揺らし、いっこうに那智のそれをくわえられない。

「ちょ、もう……さわったら、だめですっ」

「いやか？」

「だっ……これ、しゃぶれな、い……」

ただでさえヘタなのに、意地悪しないでほしい。逞しいものに指で縋って上目に見つめると、なぜかびくりと手のなかのそれが震えた。たいしたこともしていないのになぜ、と基が驚くと、苦笑した那智が「勘弁してくれ」と基の唇へ指を押しあてる。

「基、あんまり情けないことにさせるな」

「な、なにが」

「いいから、もうおいで」

濡れた口元をぬぐわれ、充分だと告げられる。なんだか半端すぎて踏ん切りのつかない基をたしなめるように、那智はことさらあまい声をだした。

「キスなら、こっちにしてくれ」

「は、はい」

笑いながら、まるで甘えるかのように自分の唇を指さす那智に抗えるわけもない。汚れた口元を手の甲であらためてぬぐい、おずおずと顔を近づけたあと、はっと基は顔を背《そむ》けた。

「なんだ？」

「あの、いま、口で、しました。うがいとかしたほうがいいですか」

口のなかに、なまなましい那智の味が残っている。これはいやではないだろうか。困り果ててたずねると、今度こそため息をついた那智は眉をひそめる。

「焦《じ》らす手口なら、たいしたもんだが」

「え？」

「いや。いいからもう、黙ってなにも考えるな」

苦く笑った唇がふれる。ためらいは一瞬で霧散して、すぐに忍びこんできた舌の巧みさに、基はあっけなく蕩《とろ》けた。

「は、ふ……っ、ふ、あ、あ！」

濃厚な口づけを受ける間に、那智の長い指は乱れた裾をかき分け、膨らみきった基のそれへと下着越しにふれてくる。手のひらに包まれてはじめて、蒸れた熱のこもるそこに気づかされた基は、一瞬で頬を紅潮させた。

布地との隙間に手をいれられながら下着を引きおろされ、その圧迫感にも基は息を呑む。

「……もうこんなにしてたのか」

「うそだ、なんで……」

たいした愛撫もされていないのに、べとべとに濡れている。どうして、と目を瞠っていれば、那智がうっすら微笑む。

「舐めたからだろう。俺のを、こうして」

「あっ、だって……あっ、あっ！」

「舌が、こんなふうに動いた……わかるか？」

ふだんより数倍繊細な手つきでペニスのさきを撫でられて、やわやわとした手つきに声がうわずる。微妙すぎるそれの物足りなさが、さきほど那智へ自分が与えた愛撫の刺激そのままだと知らされる。

「あの……刺激、足りなかった、ですか……？」

「基は足りないのか？」

問いかけには、意地悪な揚げ足取りが待っていた。基はかっと頬を火照らせる。

そういえば以前にチャレンジしたときには「正直言うと、くすぐったい」とやはり笑われ、その後も失敗してばかりだった。

（たしかに、こんなんじゃ足りない……）

那智ももどかしいばかりだったのだろう。不慣れな自分に落ちこむけれど、その間にもゆるゆると撫でるだけの手が止まらない。

「もっと強くしてほしい？」

「……っ、はい」

「こんなふうにか」

もう意地も張れずに目を閉じてうなずけば、きゅっときつく握りしめられたあと、上下に激しく手を動かされた。

「ああっあ、うぁ、ん！」

濡れていることを教えるように、先端がずるりと指の腹でこすられ、痺れが腰の奥から背骨までを一気に駆け抜ける。敏感な粘膜はぬめりを帯びた刺激にひとたまりもなくて、びくびくと跳ねた腿はすっかり裾を跳ねあげ、しどけなく悶えながら那智の身体に絡みついた。

「基、こういうふうに……手で、できるか？」

「あ、あ、……する、します っ」

促す声にこくこくとうなずいて、那智の長い脚の間へふれる。細い指に持て余すそれは片手ではとても愛撫しきれず、両手を添えて教えられるとおりにこすりあげていると、さらに強い刺激が基を襲った。

「そうだ。ここ……こう、して」

「あっ！　あ、あ、……こ、う？　こうで、いいですか……？」

「……っああ、上手だ」

お返しにぎゅっと那智のものを握りしめる。一瞬、彼が息をつめるのがわかって、基は無意識に微笑んだ。

「よかった……っ、ん、んん」

その笑顔に息を呑んだ那智が嚙みつくように口づけてきて、舌を絡めあうそれに基は必死で応える。与えあい、奪いあう愛撫が肌を敏感にする。相手の反応を確認する声も、応えるそれも、蜜を煮詰めたようにあまく蕩けきっている。

ゆらゆらと腰を揺らすたびに互いのそれがこすれるのもたまらない。

「あ、あ、そこ、そこはだめですっ……！」

乱れきった裾から覗く脚を撫でられ、さきほどから疼きのおさまらない尻の奥にふれられる。汗やにじんだ体液に湿った場所を指先にこねられると、びくびくと爪先が丸まった。

「だめじゃなさそうだが」

「でも……っだめ、です、き、着物、が」

常になく那智の愛撫は卑猥で、基は腰をくねらせながら広い胸に顔を埋める。絡みつく着物が邪魔で、このままではさらに取り返しがつかないほど汚してしまう気がすると、震える声で訴えた。

「帯、絡まっ、て……」

「ああ。動きづらいか」

かろうじてひっかかっていただけの帯を引き抜かれると、あっさりとそれは開いた。濃紺地のそれが手足に絡みついていて、我ながらしどけない光景に赤らみつつ基が袖を抜こうとすると、なぜか那智は袂を押さえてしまう。

「なんですか……？」

「もう邪魔にならないだろう？」

え、と目を瞠った基の半開きの唇に、強引な口づけが落とされた。そうして、驚きに固まっている間に襦袢の紐もほどかれ、あとには大ぶりな白黒の布が絡みついただけの、きゃしゃな身体が現れる。

「んんっ、だ、だめです、まだ脱いで、な……っ、ああ！」

「似合ってるんだ、脱ぐことはないだろう」

「だって、せっかくのが、汚れ……っ、あ、こ、こすらないでくださいっ」

くちゅくちゅくちゅ、と忙《せわ》しなくぬめった音がするのは、那智の手のひらが基のそれを淫らにいじり続けるからだ。おまけに帯をほどく動作で彼が身を起こしたものだから、もう基の手のなかには彼の熱はない。

「あ、ああ、那智さんっ」

「またそれか？」

「しょ……正吾、さんっ、正吾さんのを」

させてください、とようようつぶやき腕を伸ばす。基からふれるにはすこし、那智の身体は遠い。愛撫の手から逃れてわななく身体をシーツに這わせ、腰に抱きつくようにして裾の間から手を差しいれ、愛撫の途中だったものを基は引っ張りだした。

「これ……俺、が、します」

「困ったやつだ」

桜色に染まった耳たぶを摘まれ、ぞくぞくしながらもういちど那智の性器をくわえた。さきほどよりはすこしこつもわかった気がして、熱心に舐めしゃぶっていると、つるりと基の着崩した着物がめくられる。

「うあっ！」

びくっと震えたのは、身体を横倒しにした那智もまた、基のそれに舌を這わせてきたせいだ。これが、俗に数字で示される体位であることを、基もさすがに知っている。

(こんな、やらしい)

あまりに即物的な体勢に茹《ゆ》であがると、こうした時間には平素の冷静さなど捨て去ってしまう男は、基の細い脚に口づけて淫猥に微笑んだ。

「俺ばっかりってのは性に合わないんだ」

どこまでもうつくしい男が、基のいちばんいやらしい場所を軽く舐めて笑う。脚の間から覗く端整な顔、その光景だけでも頭がくらくらした。意味もなくかぶりを振るけれど、聞きいれてくれるような那智ではない。

「ず、ずるいです」

「ずるくないだろう。するなら、ちゃんとがんばれ」

意地悪く言われて、基はむっとしたまま目のまえのものにしゃぶりついた。

重なり合う黒と白、幾重もの布のなかに頭を潜《もぐ》りこませるようにして、那智が吸いついてくる。ぬらりとした口腔のなか、複雑に動く舌の感触に基は声もなく震え、目の前の長い脚に縋りついた。

「んっふ……ふ、……ふう……っ」

くわえられて、吸いつく。舐めあげられて、甘噛みする。相手が与えてくるそれとすこしだけ違うやり方で、けれどタイミングをあわせての愛撫は互いの下肢からぬめった音を響かせる。

(なんだか、すごいこと、してる)

こらえても、どうしても腰がうずうずと動いて、那智の口腔で弄《もてあそ》ばれているのか、そこをみずから穿《うが》っているのかわからなくなってくる。卑猥すぎる体勢にも感触にも、ぼうっと頭が霞んでいった。

すっぽりとくわえられながら敏感な内腿や震える尻の丸みまでを撫で揉まれ、基はもはや那智のそれに舌をあてているのがやっとになってしまう。

(熱い……これが、ほしい)

そして朦朧《もうろう》としたまま、那智の髪よりすこし濃い色合いの下生えに唇を押しあて、根本からゆっくりとついばむ動作を繰り返す。ざらざらした感触に舌がくすぐったくむずがゆくて、何度もそれを繰り返していると、なにかが身体の奥にふれた。

「んぁうっ!　や、那智、さん……っ」

「名前」

「正吾さん、だめですっ……!」

那智のそれへ刺激を与えるというより、陶然としてじゃれついていた基は、不意打ちの感触にびくりと腰を跳ねあげた。荒い手つきで拡げられた脚の奥にまで、濡れたものが這ってくる。その正体は、わざわざ確認しなくともわかるだろう。

「い、いやです、そんなとこまで舐めっ……」

「きらいじゃないだろう」

されたことがないわけではないが、この体勢で仕掛けられるにはあまりに恥ずかしい気がした。曲げた膝をどうにか戻そうと思うのに、那智の腕が大きく開かせたまま閉じさせてくれない。

「は、恥ずかし、です……っ」

「いまさら？」

「あ、やっ！　そ、そこでしゃべらないでくださいっ」

肉のあわいに舌を這わされ、濡れて火照るそこに那智の呼気がふれる。一瞬だけひやりと、けれどすぐに熱くなるあいまいな刺激に耐えきれず、ひくひくと淫らに基の身体がうごめく。

「ああ、あ、だめ、……っは、ああ……ん、んむ……っ」

奥を舐められて、もうどうしようもないまま、また那智のそれを握りしめてしゃぶりつく。長い指に拡げられ、うごめく舌に暴かれるたび、基の口淫もまた大胆さを増し、吸いつきながら口に含みきれない部分を精一杯指で撫でさすった。

「ぅ……んんー……！　ふ、くぅ！」

ぬぷ、とあっけなく沈みこんできた指に、基は大きなものでふさがれた喉でうめく。反射的に、唾液をんぐっと嚥下したそれが那智の性器にはどう感じられたのか、舌のうえにあるものがさらにかたくなる。

（だめだ、もう、できない）

快感の強さと息苦しさに涙目になり、それから口を離した基は、もうだめ、とうめいた。

「舐めちゃ、やです……あ、あ、あ、いやだ……っ」

大胆に開かされた腰の奥に指を抜き差しされ、かき混ぜられた隙間に那智の舌をちらちらと躍らされ、なかまで舐められそうで怖くなる。

身体の奥まで、那智に知られる。恥ずかしいくらい淫猥な基のあそこが、涼しくうつくしい青い目にさらされて、もっと赤く爛《ただ》れていくのが自分でわかる。

「あん！　あ、あ、ん！」

ひくついた肉が指に巻きついて、ゆっくりと抜き取られたかと思えば勢いをつけて差しこまれた。いつになく、那智の指もいやらしい。あきらかに基を焦らして、いつまでも快楽を引き延ばし、そして濃く煮詰めていくような愛撫に目眩がする。

「も……、だめ、です……っ」

「だめか？　もう、ほしい？」

基自身も、すこしおかしい。こんなふうに身体を弄ばれながら、恥ずかしくて怖いのに、那智の性器からいちども手が離せない。どころか切羽詰まったように、逞しいそれを粘ついた手つきでこすり続け、先端をいじましく舐めてしまう。

「ほ、ほしい……っ、これ、これを……」

「それを？」

「そ、そこに……そこにして、これで、して、ください……っ」

それじゃわからないと、身を起こして獰猛《どうもう》に笑った那智が膝頭を噛んでくる。着崩れた着物の隙間から逞しい胸板が覗き、乱れた前髪の隙間から淫靡に笑む彼は色悪そのもののようだった。

「どうしてほしい」

「ひ……っ」

ふだん、まるで彫像のように表情を浮かべない彼の強烈な色香に、ぞくぞくとしながら基は腕を伸ばす。脚を開き、那智の腰を挟みこみ、はしたなくそこをこすりつけてしまう。

（ああ、あれを……大きいのを、俺の、あそこに……っ）

なにを言えばいいのか、どう言ったら誘われてくれるのか。そんなことはもうまともな言葉として思いつかず、ゆっくりと自分から足を開き、熟れきった粘膜に指でふれた。

「ここ、に、それ、いれてください……」

「ここって？」

「俺の、なかに、俺の……っ、に」

声を発したとたん、ぶるりと細い身体が震え、さらに肌が火照っていく。

低い声で淫らな言葉を言うよう促されると、基は体感以上に乱れてしまう。むろん、那智のささやきもそこを心得たうえでのものなのだろう。

はじめて抱かれたときから、そうだった。声にだし、求めていると意識させて飢えさせてから貪るのが彼のやりかただった。ほしがることを臆するなと命令する強い声。

「いれて？　それから？」

意地悪く微笑んで、さきを促してくる。命じたのだから、基がそうするのはあたりまえだと告げる絶対者の声は、心からためらいを、身体からこわばりをぬぐいさる。

「う、動いて、ほし……あ、ああっ」

ぬるついた肉を拡げられ、ひたりと粘膜が触れあう。ほんのすこしだけ腰を進められ、丸い先端を飲みこんだところで動きを止めた那智に、基は腰を揺すって叫んだ。

「あ、なんで……いやだ、ちょっとじゃ、や……っ」

もはや自分でもなにを言っているのかわからないまま泣きじゃくり、必死になって腰を押しつける。せかす仕種《しぐさ》に那智はすこしだけ困ったような顔をして、頬に唇を押しあててくる。

「まだ、無理だろう。焦るな」

「いや……やだ、早く、はやくっ」

たしなめるそれにかぶりを振り、基は発熱したような腿を那智の身体に絡ませた。潤みきった目を向けて、あえぐ声でせがみ、逞しい腕に爪を立てる。

「正吾さん、正吾さんの……あれ、あれが、ほしい……」

「基……」

お願いと言い添えると、那智の身体がぐっと揺れた。

「もっと……奥まで、いっぱいほしいです……っあ、あ、ああ！」

叫んだ瞬間、ずん、と奥まで望んだとおりに穿たれて、基は射精した。ぴしゃりと跳ねたそれが濃い色合いの着物に飛び散り汚れたけれど、もうそれどころではない。

「おい、もうか？」

「だ……だって……い、意地悪、する……から」

早いなと言われて泣きそうになった。限界だったのに焦らすからだと涙目で睨めば、汗を滴《したた》らせた那智も片頬で笑う。

「冗談だ。俺ももう、もたない」

「え、え……っ？　あっ⁉」

「ちょっと……好きに、させてくれ」

激しく揺り動かされ、基は悲鳴じみた声をあげ続けた。だめ、だめ、いや、と言いながら那智の背中に縋りつき、着物の布地をぐしゃぐしゃに握りしめる。

「あ、あ、そん、なに、突いたら、壊れ、る……っ」

「壊さない。もうすこしだから、こらえろ」

「んう、ん……！」

ちゃんとついてこいと口づけられ、太いものがひっきりなしに基のなかをこすり続ける。

あまりに遠慮のない動きにかすかに痛みはあって、けれどこの行為に綻《ほころ》ぶことを知っている場所はすぐにそれにさえ慣れ、どころか那智を味わうようにうごめいた。

襦袢と着物の絡みつく胸元を鼻先でかき分けるような、獣じみた仕種で那智が乳首に噛みついてきた。「痛い」と言いつつどうしようもなく感じてしまう。そうして、痛いのならと赤く尖《とが》ったそこをやわらかく舐められ、声にならない悲鳴をあげて基は弓なりに仰《の》けぞった。

「……っ、基、すごいな……」

「あっあ、あ、し、知りませんっ」

「知らないじゃないだろう。こんなに……して」

蠢動《しゅんどう》する粘膜だけでなく、気づけば那智にあわせて尻の肉は収縮を繰り返し、細い腰は言葉どおりうねってまわり続ける。ふれるすべてで那智を感じようとする身体のあさましさに、小さな顔はさらに紅潮し、きつく眉がひそめられた。

膝が立って、爪先がきゅっと丸くなる。痙攣《けいれん》する腿は那智の腰を締めあげ離すまいとして、それなのにどんどん熱くなる身体がうえへうえへと逃げようとする。

「あ、あ、あ、……だめっ、だめ、あ！」

細い腰を逃がすまいと鷲摑《わしづか》みにされて揺さぶられ、肉を打ちつける音が響いたあとに、ぐっと息をつめ、那智がうめいた。

「ん……！」

どっと流れこんでくる熱いものがあった。がくがくと不規則に大きく腰が動き、粘膜は嚥下に似た動きで那智の性器をすすっていたけれど、すぐにそれは抜き取られてしまった。

「うあ、……んっ」

ずるり、と長いものが逃げていく。とっさに締めつけようとしたけれど、長く開かされたそこはもうちからがはいらなくて、ぬめった音を立てて彼は去ってしまった。

「……悪い、だいじょうぶか」

「あ……平気、です」

だがすぐに那智がぎゅっと身体を抱きしめてくれて、寂しさや不満は感じるいとまもない。むしろどこか頼りないように感じる那智の背中を抱きしめると、体感以上のすさまじい歓喜が基の身体を包んだ。

(なか、すごく熱い。ぬるぬるする)

到達のタイミングがずれたせいで、生々しく那智の射精を感じてしまった。おかげで基の身体は疼いたまま、いまは那智の去った名残《なごり》を惜しむように締めつける動きが止まらない。

なかに放出されたそれ以上にどろどろした情動が、行き場なく基のなかに渦巻いているのは、たったいま見てしまった光景のせいもある。

(那智さんのこんな顔なんて、はじめて見た)

ふだんは基のほうが大抵わけがわからないことになっていて、はっきりと彼の表情を目に焼きつけたことはなかった。あの瞬間、きつく目を閉じて眉をひそめた那智の顔は、くらくらするほどに悩ましかった。

いまもまた、基の肩に顔を埋めて那智は浅い息を吐いている。このうつくしいひとを自分の身体が追いつめ、感じさせたのだと思えば、ぞくぞくするほどの快感があった。

「正吾、さん……」

汗の浮いた頬にそっと口づけ、まだ口にするのに慣れない名前を呼ぶと、那智は気だるげに身を起こした。うっすらと潤んでいる目も、翳《かげ》りを帯びた顔もなにもかもがいとおしく、基は細い腕を首筋に絡ませて唇をよせる。

「……悪い。痛くなかったか」

「ううん……平気です……」

ひとしきり唇を吸いあって、そっと問われた声に微笑んでかぶりを振る。相変わらず身体はうずうずとしたものを覚えていたけれど、先にいちど達したせいかすこし基も余裕があった。

「でも、着物、汚しちゃいましたけど……」

「悪い」

フミさんの心遣いを思えばすこし申し訳なく、手近なタオルで基のあふれさせたものをぬぐった那智は、今度こそしわくちゃになった着物を脱がせてくれた。

「脱がせてくださいって、言ったじゃないですか」

いまそうしてくれるならもっと早くにと、フミへの心苦しさもあってさすがに抗議した基へ、那智はしれっと「しかたないだろう」と言った。

「あれで止められるくらいなら、苦労しない」

「苦労って……なんですか？」

「似合いすぎて、まずかった。おかげでちょっと止まらなかった」

「な……なに言ってるんですかっ」

かあっと頬が熱くなった。すこしばかり那智の様子がふだんとは違う理由が、この衣服にあったのだろうかと遅まきながら察したからだ。

「基はふだんでも色気があるけどな」

「知りません！」

那智もすこしばかりばつが悪いのか、めずらしくもからかうような言葉をかけてきて、さらに基は紅潮する。そんなこと、いままで言ったこともなかったくせにと赤い顔で睨むと、頬にやわらかく口づけられた。

「もう……」

基もまた、和装の那智の着乱れたあわせにどぎまぎしたのは事実だ。未完成の衣服と言われる着物は、型にはまった洋服にくらべてきっちりと着こなせば隙なく上品でもあるが、ひとたび崩れるとどこまでも危うい風情になると目《ま》の当たりにしたいま、彼の言葉を否定しきれない。

そして——それが那智を誘う要素になったのだとしたら、けっきょくはただ嬉しいばかりなのだが。

(染みとか、だいじょうぶなのか、これは)

基のそれは綿生地らしいから、洗えばなんとかなるだろうかとぼんやり考えていたが、しっとりした肌が重なってきたことでそれもすぐに忘れてしまう。

隔てるもののなにもない身体を、さきほどの分までというように、お互いの手のひらと唇で触れあい、愛撫しあった。きつく抱きあって舌を絡ませ、闇雲なまでのいとおしさに広いベッドのうえを何度も、身体をいれ替えながら転がった。

基がうえに重なった状態で脚をぐっと開かされると、さきほど注がれたものがあふれ落ちそうになる。羞恥に頬を赤らめ、けれど粘性の液体がこぼれるより早く、熱いなにかがそこをふさいで、基はうっとりと首筋を反らし、あえいだ。

「ああ……那智さん、……あ、あっ」

「また戻ってるぞ」

「だ、だって……」

苦笑してたしなめられても、この何年か呼び続けたそれは無意識に口をついてでる。きれいな響きの姓も基はまた気にいっていたから、唇はつい慣れたそれを紡いでしまうのだ。

「おまえも那智になるんだろう？」

じりじりと、とうに受けいれる用意の済んでいる場所へ高ぶったものを押しつけられながらのひとことに、さほどの含みはないとわかっていた。

けれどその言葉は、基の胸の奥深くにじんわりと沈みこみ、耐えがたいほどの歓喜となる。情を結び、身体をつないで、そのうえ彼というひとを表す名を自分のものにする。それがまるで那智自身を基のなかにまるごともらうことのようで、たまらない。

「……はい。なります」

顔を歪めて鼻をすすると、「泣くな」と那智が苦笑して、中途半端な位置にある基の腰を強引に引きおろした。

「あ、や、……ん！」

ぬぐっと太いものが基のそこを押し広げるようにはいってくる。うえになってこれを飲みこむ行為も何度かしたけれど、きょうはいつも以上に大きく感じて苦しいのに気持ちいいから怖いと、腰の奥を忙しなく締めつける。

「だって、なんだ？」

「あん、わ、かんない、です……っ」

開ききった尻の奥に、那智の下生えがあたってむずむずするから、よけい腰が動いてしまう。次第に大胆な動きで身体を揺すりながら、きっかりと引き締まった腹筋に手のひらを這わせ、基はあまくあえぎ続ける。

「……そんな顔して。気持ちいいのか」

「は、い。いい、です、これっ……いいです……っ」

艶《なま》めかしいような顔で笑う那智を見おろしながら、従順にうなずいた基はついには腰を上下させる。ぬるり、ぬるりと長いそれが出入りする粘膜は、爛れたように甘痒《あまかゆ》い。

「これって？」

「あうん、しょ……正吾さんに、なか……ぐりぐりされるのが……っ」

蕩けきった頭で淫らな言葉をつぶやき、だからもっととして、と広い胸を撫でまわした。基とはくらべものにならないほど厚く逞しいそこに顔を伏せ、小さく尖った乳首へと舌を這わせたのは無意識だ。

「くすぐったい」

くっと笑った那智が悪戯をするなと髪を撫でてきても、舌触りのいいそこから口を離したくはなかった。むずかるように首を振ってそれに吸いついていると、うなじを大きな手のひらに撫でられてぞくぞくする。

「こら……いいかげんにしろ」

「あう！　あ、あ、あ、んっんっ……やっ」

叱ってほしくてやめずにいたのを那智もわかっているのだろう。軽く尻を叩くなり、笑ったまま急に身を起こして、深々と穿った基の身体を揺すりはじめる。密着した状態では、那智の腹部に基の濡れた先端がこすりつけられてしまうから、乱れるなというのが無理な話だ。

すすり泣き、縋るように抱きしめた背中には、あのひろびろとした、傷を持つ夜桜がある。肩越しに覗いただけでなく、手のひらに感じる皮膚が冷たくざらりとしていて、斜めに走る疵はいまだにひきつれた痕を残している。

「しょ……ご、さん、正吾さん……っ」

この傷が、那智と基の関わりの象徴で、すべてだ。昏《くら》い絶望に飲まれた基を救った、赤い傷がいとおしく、幾度も指先にたしかめる。

実の父に力ずくで犯され、おぞましいそれにぼろぼろになったきたない身体を、大事に大事に愛してもらって、淫らさもふしだらな欲望も全部、受けいれてくれた。

「しょ……正吾さん、は、いいですか？」

「うん……？」

あえぎまじりの問いかけに、那智は怪訝《けげん》な顔になった。この夜の基の積極的な様子にすこし戸惑ってはいたようだけれど、淫靡な声のなかに潜む心に、彼は気づいているだろうか。

(本当のことを、言ってください)

身体のことも心のことも、那智はあまり明かさない。本来ならのたうちまわるような痛みさえ、平気な顔をしてやりすごそうとする。けれどこんな時間の、こんなに剝《む》きだしの熱を分かち合う時間くらい、——基にくらい、本当のことを教えてほしい。

「俺の……俺の身体、きもちい、ですか」

きゅう、と意識して那智のそれを締めつけ、尻を揺すってみせる。小さく息をつめ、腰を抱いた腕を強くした那智は、ややあって静かに笑んだ。

「ああ、すごくいい。熱くて、溶けそうだ」

「……っ、ひ、あああっ」

かすれた声で、ひっそりささやかれたそれに基は震えあがり、がくがくとこめかみを痙攣させる。望んで引きだしたとはいえ、那智の欲情しきった声はあまりに甘美な毒のようで、身体より先に感覚が達してしまう。

「自分で言わせて、なんだ」

「だっ……ああ、だって、もう、……もうっ」

たまらないと、言葉にならないまましがみつく。その背中をひと撫でして、那智はおののく基の頬へ唇をふれさせた。

「きつい、基……」

絡みついたのは細い腕ばかりでなく、那智をくわえこんで離さないそこも同じで、くっと息をつめた彼はため息混じりに言う。その声もまた艶めかしく、息を切らして基は必死に腰を揺する。

「だ、だって……いっく、もう、い、いきそう」

「いけばいい」

「いやだ、んん……っ今度、は……っ」

一緒にして、とせがんでよがる身体をひねった。激しい腰遣いに荒い息を吐く那智の獣じみた呼吸で髪が揺れ、そんな場所にまで感じて感じてたまらない。

「じゃあ、あわせてやるから、言いなさい」

「ん、ん、言います……ああっ」

望んだとおりにしてやると言われ、うんうんとうなずきながら基は濡れた唇を舐めて、那智の削《そ》げた頬に手を添えた。

汗にしっとりとした彼の頬は、こんなときにも完璧にうつくしい。けれど手のひらに伝わる熱と脈に、この冷静な顔の裏にある激情を知る。

夢中で身体をぶつけあい、何度も口づける。尻の肉に両手をかけられうんと奥まで突き立てられた。もうはいらないいと泣いた身体をまたベッドに転がされ、両脚を折り曲げられて突

きあげられる。

もうだめ、と何度も叫んだ。そのずっとさきまで連れていかれ、やめて、助けて、と叫んだ気もする。そのたび那智の大きな手に引きずり戻されて、嬉しかった。

「もう、も……ほんとに、もう……っ」

まともに言葉にならず、目でせがんだ。到達をうながすのは言葉でなく、深いキスだ。

（ああ、いく、すごい、すごいすごいすごいっ）

ぐっと腰骨に指が食いこむ。前髪を乱した那智の目元は見えなかったけれど、きれいな歯並びが食いしばられたのを視界の端に映した直後、基は絶叫して精を放った。

「ああ、ああ、……あ――……!!」

二度目の到達は、さきのそれよりも深かった。一瞬ふうっと意識が飛んで、腰を中心に身体が浮きあがるような感覚のあと、どっと背中からシーツに沈みこむ。

（くらくらする……）

那智もずいぶんと荒れた息づかいで、基の身体を強く抱いている。醒《さ》めやらぬ興奮に基は呼気を乱し、軽く咳《せ》きこんだあと那智の背中をきつく抱いた。

どくどくと流れこんでくる那智の吐精が、蕩けきった粘膜を淫らにくすぐる。うっとりと息をついてその感触を味わった基は、ぽつりとつぶやいた。

「三年で、ひとの細胞って全部いれ替わるって、聞いたんです」

「うん……？」

官能の余韻に喉を震わせ、涙声で基は那智をかき抱《いだ》く。突然の基の言葉に、那智はなんのことかと目を瞠ったけれど、続く言葉にすこしだけ、うつくしい目を細めた。

まっすぐなまなざしに潤んだ目で笑いかけ、もうすぐ、出会ってからまる三年になるからと基は言った。

「だからもう、俺の身体、あなたがさわったところしか、ないです」

広い背中にうつくしく咲いた夜桜も、心のなかの昏い痛みも、那智と基にとっては同じ疵だ。互いの父親につけられたそれを、巡りあい、慈しみあって、互いの熱であたためあってきた、そんな三年だったと思う。

「……俺、正吾さんとするの、好きです」

いろいろなことを乗り越えたいまだから、ようやく、心から言える。

「セックスも、正吾さんと、……正吾さんだから、するの、好きです」

「……そうか」

「最初から、そうだったけど……いま、もっと、すごく好きに、なりました」

ふっと広い肩からちからが抜ける。淫らな睦言のなかに潜ませた意味に正しく彼が気づいたのだと知れるのは、抱きしめる腕のちからがさらに増したからだ。

「じゃあ、これからもっと、好きになればいい」

「はい、……え？」

無意識のままひくひくと揺れる腰の奥でなにかが動いた。どうして、と驚くより早くずるりと引き抜かれ、脚を持ちあげられ身体をひっくり返された。

「悪いな。基。明日の初詣は、なしだ」

「え、あっ⁉」

那智らしからぬ乱暴なそれにも目を瞠っていると、いちど引き抜かれたそれが硬度を増して腰の奥に戻ってくる。

「あ、……ああ……ん！」

長く太いものにまた拡げられていく粘膜は、たっぷりと注がれた那智の精液をあふれさせ、ぐぷりと卑猥な音を立てた。

「たがはずれた。おさまらない」

「はっ、あっああ、んっ……ま、待って……！」

「待たない」

ずるずるとそこをこすりあげられ、腰が抜けると基は泣きわめく。そのくせ、那智が引けば追いかけるように小さな尻が持ちあがり、誘うように震えながら左右に揺れてしまう。

「すごいな、基。奥が……」

耳を噛んだ那智が、その動作を自覚させるようなひとことふたことをささやいて、濡れた声にも小さな痛みにも基は乱れた。うしろから奥まで突くやり方は感じすぎて怖いのに、やめてと言いながらもっととねだるのは、ごく小さな声で繰り返されるささやきのせいだ。

(もう、だめだ。頭、煮える)

卑猥な言葉ではない。ごく真摯に、何度も何度も告げられるそれに、基は耳をふさいだ。

「い、言わないでください……っ」

「どうして」

喉奥で那智が笑う。低く振動するそれを、耳をふさいだ手のひらのうえから押しつけられ、またも同じ言葉を押しつけられた。

「愛してると、言っただけだろう」

「ひっ、い、言わないで、言わなっ……いっ、い、んんん！」

たったひとことで身も世もなく乱された。エロティックなことを言われるよりも、愛のささやきはよほど毒だ。

——愛してやると言ってもだめか。

——できないことを言うのは、やめてください。

三年まえ、ほどこしのような情ならいらないと突っぱねた。そのときの那智はまだ揺れていて、同情と義務感の合間を漂っていたことは知っている。

それから、信じられないくらい、いろんなことがあった。文字通り命がけでお互いの手を掴み取ったときには、こんな時間が訪れるなどと考えたこともなかった。

「愛してる、基」

ごく自然に那智は繰り返す。そのたびに感じて、乱れて——涙が、とまらなくなる。

「お願い……もう、許してください……」

「だめだ」

一生許さないというあますぎる声ときつい抱擁、そのいずれも、本当はなにひとつ拒む気持ちもないから逃げられない。

そうして、目眩のするような官能の淵に落ちた基は、朝方まで眠ることを許されなかった。

＊　　＊　　＊

同じころ、村瀬宅ではマサルがこたつに頬杖をついてぼやいていた。

「……うまくいったんすかねー、プロポーズ大作戦」

空の徳利を振ったのち、面倒だと一升瓶《いっしょうびん》からそのままぐい飲みに酒を注いだマサルは、ため息混じりにつぶやく。

「ま、ヤツはなんのかんの口はうまいからなあ……」

コップ酒を呷《あお》りながらの村瀬もまた、半ば複雑な顔でうなずいている。

マサルが泥酔したように見せかけ、村瀬家に泊まりこんだのは本当のところ半分芝居だ。べつの部屋に住んでいるとはいえ、この日のように一緒の行動を取ったあとではふたりでゆっくり話すにもむずかしいかと一応気をきかせてみたらしい。

基にこの日切りだす内容について、マサルは事前に那智から打ち明けられていた。同居状態にある彼について、もうおまえも家族のようなものだから、きちんと言っておくと告げられ嬉しくもあり、また妙に感慨深い気分でもあるようで、さきほどから延々と飲み続けている。

「那智さんってさあ、あれ、ふだんの口数少ないの計算かって感じッスよねえ」

法廷での那智を、被疑者として弁護を請け負ってもらったマサルはよく知っている。朗々としたあの声で語られるすべては、けっして雄弁だったり饒舌《じょうぜつ》であったりするわけではないのに、ひとことひとことに重みがあり、最小限の言葉でその場を掌握するちからがある。

「まーでもあれっすね。やっとって感じッスね」

「あれはあれで思うところもあったろうからな」

涼しい顔をした親友の熱愛ぶりにはここ数年ですっかり慣らされた村瀬は、しかしマサルよりはもうすこし鬱屈の残る声でつぶやく。

（ああでもなきゃ、思いきれんのだろうが……）

頑健に見える那智だが、長年の激務がたたり昨年末の健康診断で心肺機能にかすかに不具合が見られたことを村瀬は知っている。いまのところは特に異常もないけれど、このまま無茶をし続ければ本当に長くないぞと、さんざん叱りつけたのはほかならぬ自分だったからだ。

——基のこともすこしは考えろ！　おまえがいなくなったらどうなるんだ！

怒鳴ったのは、もうすこし身体をいたわれという意味であったのに、まさかああいう行動にでるとは思わなかったと複雑な笑みを浮かべた。

たしかに、おのれを大事にして生き方を楽にするよりも、死後の身辺整理を考えるほうがよほど、那智らしくはあるけれど。

（不器用なアホめが）

けっきょく、基を置いて逝くことなどできる自分かどうか、愛に溺《おぼ》れた頭ですこしは考えればいいのだ。

そうすれば孤高にある男も、おのずともうすこしは自分を大事にもする気になるだろう。

「門松は、冥途《めいど》の旅の一里塚……か」

「んあー？」

めでたくもあり、めでたくもなし。ぼそりとつぶやいた村瀬医師に、なんのことだと酒に火照った顔を向けたマサルは、ぼりぼりと頭を掻いてみせる。

「一休さんの有名な句だ。しらんのか」

「すっきすっきすっきすきっすきーってやつしか知りません」

再放送で見たアニメソングを歌うと、そっちじゃねえよと強面の医師は舌打ちするが、マサルはどこ吹く風だ。

「あーあー、もっくんたち、いまごろ姫はじめかなあ」

あげくには露骨ににやにやとするから、独り身歴――名誉のために言うが彼女いない歴ではない――四十年の医師は、つんと立った金髪に向かって容赦ない拳を振りあげる。

「なまなましいこと言うな、この無神経がっ」

「だ！　なにすんすか！　暴力反対！」

痛《いて》えと大騒ぎしたこのマサルのように、那智ももうすこしシンプルであればいい。

重い過去につぶれる人間もいる。だが乗り越えられることができる人間もいる。そのすべてを見通してなお、健やかにいろというのは酷かもしれないが、那智にならできるはずなのだ。

むしろもうすこし、あの男には重荷が増えればいいとさえ、村瀬は思っている。

ひとりでいれば無茶ばかりで、ただすり減っていくような那智であるからだ。

「それにしても、プロポーズに遺言状ってのが那智さんらしいっつうか……死に水とってくれっていう申しこみはありなのかね」

「そのくらいしか言いようがねえんだろ。……ま、方法だの言葉は、なんでもいいのさ」

すくなくとも、ひとり滅すればいいと思っていた男が責任をとると決めただけで喜ばしい。第一歩なのだ、すべては、これから。

「おら飲め！　祝い酒だ、飲め！」

感傷を吹き飛ばすように村瀬は声をあげ、マサルの手にコップを握らせた。こうなればとことん酔って、不器用なふたりに勝手に祝福を捧げようと思った。

酒精に焼かれた息を吐いて、これしきなんでもないと笑う人生であればいいと祈ろう。

このいちどきりの人生で、孤独の時間が長かった友と、その伴侶たる彼のこのさきの幸福が、冗談のようにあふれるほどにあらんことを、力一杯酔いながら、祈ろう。

そうして宿酔《ふつかよ》いは確実の朝には、近所の神社で賽銭《さいせん》を投げにいき、派手に柏手を打ってやろうと、鬚をさすった医師はほろ苦くあまい酒を飲み干した。

かすかな光

日中はまだ暑さも残っているが、街路樹が色づき、風の冷たさを感じる季節になった。大学での講義を終えた基《もとき》が正門へ向かう道を歩いていると「あの」と声をかけられた。

「はい？」

振り返ると、何度か同じ教室で見かけた女子が、ふたり連れでもじもじとこちらをうかがっている。

お互いの脇をつつきあい、「あんたが言って」「えー、そっちが」というやりとりのあと、片方が目をしばたたかせながら口を開いた。

「あの、那智《なち》くんに訊《き》きたいことがあるんだけど」

「なにか？」

姓が変わってやっと二年近く、基は『那智』の名で呼ばれることにようやく馴染《なじ》んだところだ。いまだにすこしだけくすぐったいそれに思わず微笑《ほほえ》むと、話しかけてきたほうの彼女が押し黙る。また友人とふたりでもそもそとやりはじめたため、基はあえて腕時計を見る仕種《しぐさ》を見せつけた。

「悪いけど、ちょっと急いでるから。早くしてもらえないかな」

「……あ、ええと。那智くんって彼女いますか」

予想どおりの質問に、ため息をつきそうになる。だがあからさまな態度をとるとあとあと面倒だということは、ここ数年で学んだ。

「彼女はいないよ」

「えっ、あの、じゃあ……」

「でも結婚してる」

さらりと言って、左手をあげて見せた。薬指にはまったリングを、まさかという表情で見つめたのは、黙りこんでいたほうの彼女だ。

「え、で、でも、この間までそんなのつけてなかった……」

「うん、なくすと困ると思ってたから。でも、つけないままでいて誤解されるほうが困るって、義父《ちち》たちにも言われたし」

口にした言葉は、嘘《うそ》ではない。基は、恩人であり恋人の那智正吾《しょうご》の伴侶となったが、法的な手続きの面では彼の養子になったため、続柄としては義理の父親になる。

そして、仰々しい指輪などなくてもいいと基は言っていたのだが「虫除けに必要だろう」という言葉で結婚指輪を買えとそそのかしたのは、親友である木村大《きむらまさる》。それに乗ったふりで「つけなさい」と渡してきたのが那智本人だ。

「つけないことであのひとを不安にさせたり、面倒なことになるのは、俺も本意じゃないからね」

あぜんとする彼女らに、基はにこりと笑いかけた。

大抵はそのままあきらめてくれるのだが、気の強そうなほうの彼女は、きっと目つきをきつくしたのち「ねえ」と問いかけてくる。

「それって、ふたりとも学生なの？　それとも奥さん、社会人？」

「働いてるよ」

うしろにいた、告白しようとしていたらしい本人が「やめなよ、もういいよぉ」とべそをかいている。だがヒートアップした彼女は止まらなかった。

「なにそれ、ヒモ状態ってわけ？　かっこわるっ」

「きみになんの関係がある？」

あきれた声で答えたとたん、彼女は鼻で笑った。

「ああ、やだやだ。奥さんも奥さんよね、どうかして――」

その瞬間、基がぴくりと眉《まゆ》を動かした。気配が変わったことに気づき、彼女らは黙りこむ。

「俺のことをどう思われても、べつにかまわない。他人に理解してもらおうとも思っていないし、関係ない。けど、あのひとのことを勝手に憶測してあれこれ言ったり、中傷じみたことをばらまくつもりなら、それなりの覚悟できてるってことかな」

「か、覚悟ってなに」

顎《あご》を引いた彼女には答えず、基はうしろにいる、おとなしそうな彼女へ目を向けた。

「あと、そこのひと」

「は、はい」

「言いたいことあるのは、あなただろう。それとも、いきなりつるんで、無関係の他人を辱めるのが目的だった？」

冷ややかな基の声に、うしろに引っこんでいた彼女が「そんなつもりじゃ」と泣きだす。

けんか腰のほうは「なに泣かしてんのよ」と基を睨《にら》みつけてきたが、基はため息をついた。

「さきにけんかを売られたのはこっちなんだけど。……そもそも、きみ、誰？」

真っ青になって息を呑《の》むあたり、もしかしたら学内では有名な相手だったのかもしれない。

だが、知ったことではないと基は切り捨てた。

「もう、用事はすんだかな」

「え、ああ……はい」

「じゃ、そういうことで」

軽い会釈をして、背中を向けた。

対処がいささかきつかったとは思うが、変に気を持たせても意味はない。

なにより、那智の名前を持った自分と、そして彼に対してのことを、たかが憶測だけでも貶《おとし》めるのは絶対に許せないし、容赦をするつもりはなかった。

とはいえ、ほんのすこし罪悪感を覚えていたのだが、片方の女子が「ひどい……」とつぶやいて泣きはじめたのを、もうひとりがなだめているのが聞こえてきたとき、わずかな同情心も吹き飛んだ。

「あんなやつ、忘れなよ」

「違うよ、ひどいのあんただよ！　なんで那智くんにけんか売ったりするの⁉　きらわれちゃったじゃない！」

「な……なにそれ、ちょっと……！」

派手なけんかに発展したふたりをよそに、基はさっさと歩き去る。とにかく、あの手のタイプには関わらないのが吉だ。

「それにしても、ひさびさだった」

ちょっとだけ面倒だな、と、ひとによってはぜいたくともとられそうなぼやきをこっそり口にして、基はため息をついた。

数年まえ、いじめと虐待で周囲を見まわす余裕すらなかった時期、基は自分が女性からどう見えるのか、まったく意識したことがなかった。男子校だったことも相まって、異性というものに接触する機会すらなかったからだ。

しかし入学し直した高校は共学だった。入学してすぐのころ、なんだか妙に周囲が騒がしいと感じていたけれども、それはたまたま入学生代表——猛勉強のおかげで、トップの成績で合格できたためだ——に選ばれ、入学式でスピーチをする羽目になったせいかと思っていた。

しかし、初手から下駄箱には手紙のたぐいが舞いこむし、教室でもなんだかんだと女生徒につきまとわれた。

「ねえ、メアド教えて」

「どこ中？　今度、カラオケいかない？」

かしましくまくし立てられ最初は面食らった。出身中学を訊かれ、嘘をついても意味がないので、まえの学校は事情があり、入院したついでに退学。受験し直して入学したため、現在は十八歳なのだとストレートに打ちあけもした。

正直、これで引くだろうかと思ったのだが、詳細まで語らなかったせいか「基くん、病気で休学して、入学し直したんだって」という微妙な噂がまわり、ますます女生徒たちの同情を引くという、妙な展開になってしまった。

なにがなんだかわからずにいたのだが、ある日、同じクラスの男子にやっかみ混じりに吐き捨てられたことでようやく気づいた。

「モテるからって、すかしやがって」

「え……」

けんか腰に食ってかかられ、基は面食らった。それから毎日のように絡んでくるその男子生徒に手を焼いた。

正直、これでまた高校生活が立ちゆかなくなれば、以前の二の舞になってしまう。

悩み抜いたあげく、絡んできた相手との何度目かの会話の際に、はっきり釘をさした。

「なにが気にいらないか知らないけど、そういうの困る」

「困るって、なにがだよ。モテすぎて困るってか⁉」

噛《か》みつくようにして言ってきた彼の言葉を総合すると、基はたいそう『モテる』タイプ、であるらしかった。

背は一七五センチと、高すぎず低すぎず。細身ながらバランスのとれた身体《からだ》――これは平均的な、未成熟な高校一年生に較べての話で、基の実年齢でいけば相当細すぎる――に、明晰な頭脳と整った顔、冷静で落ちついて、穏やかな態度。

「そんだけ揃って、モテねえわけねえじゃん。いままで苦労したことねえんだろ！　いかにもいいとこのぼっちゃんでさ！　ずりいじゃん！」

「……それは」

基は思わず笑ってしまった。

目のまえでカリカリしている彼は、たかが片思い程度で他人にけんかを売れる程度には健全だし、見たところ過剰に貧乏だとか、そういう感じもしない。

去年の夏、基に起きた、誇張ではなく死ぬか生きるかの瀬戸際だった修羅場など想像もつかないほど、彼が健康に育ってきたのは間違いないだろう。

「なに笑ってんだ。ばかにしてんのか⁉」

「いや、そういうことじゃないけどね。ただ、うん。女の子に好かれても困る」

なにをぜいたくな、と彼がまた湯気を噴きそうになったところで、基は言った。

「だって俺、女の子には興味がないから。好きなひとといっしょに住んでるし、ほかの誰ともつきあうつもり、ない」

相手は当然、驚いていた。基としては、気のない相手に追いかけまわされ、逆恨みでけんかをふっかけられて、対処に悩んだあげくの暴露だった。

というより、当時まだ抜け切れていなかった自暴自棄さが言わせた台詞《せりふ》でもあったと思う。

幸いなことに、打ちあけたとき周囲に基と彼以外は誰もいなかった。そしていきなり爆弾を投げつけられた相手は、目を白黒させたのちに「それほんとか」と何度も確認したあと、あせったように走って逃げていったのは印象深い。

けんかを売ってきた彼は、後日になり、意外なことにいままでの態度を謝ってきた。

「悪かったよ。俺、久本《ひさもと》のこと好きだったからさ……」

どうやら基にきゃあきゃあ言っていた女の子のひとりを、彼はこっそり好きだったらしい。

やつあたりだったと素直に詫《わ》びられたときは、基のほうが驚かされた。

「でもさ、そういうこと、いきなりひとに言わないほうがいいと思うぞ。やっぱ驚くし、引くやつとか、偏見あるやついるかもだから」

そして、嘘でいいから「彼女がいる」と言っておけと忠告され、基はうなずいたが、相手はひどく複雑そうに「俺も誰にも言わないから」とつぶやいていた。


（あれは、なかったな）

いまにして思うと、あの当時の基はやはり、コミュニケーションにかなり難がある人間だったとしみじみ思う。いくら面倒だったとはいえ、突然のカミングアウトはないだろう。

あれから三年が経ち、基もだいぶ世間に慣れた。相手を見て話を適当にごまかすという術《すべ》も覚えたし、自分自身がそこそこ、女性にとって好ましい見た目であるらしいことも、一応は自覚するようになった。

高校一年の折、けんかをふっかけてきた彼とは、揉《も》めることもなかったけれど、仲よくなることもなかった。釘を刺さなくても基がゲイであると公言したりしなかったあたり、悪い人間ではなかったのだろう。

高校時代は、平穏にすぎた。これといって険悪なことになったり、遠巻きにされることはなかった。まして以前のようにいやがらせやいじめを受けることも。

ただ、やはり自分には友人を作るのがむずかしいことを、基は早々に学んだ。

同学年よりふたつ年上である事実と――なにより自身が十七歳までに経験してしまった劣悪な環境、そしてその後の修羅場が、一種独特の空気を持って周囲から基を浮きあがらせてしまっていた。

ごくふつうの生活を送ってきた同世代とは感覚もなにもかも違いすぎて、浅いひとづきあい以外は無理だったのだ。

ただ、平均的な学生たちよりも冷静な性格や態度を買われて、クラス委員やなにかに推薦されることは多く、三年間の間はマサル曰くの『委員長キャラ』で乗りきった。

そして大学に進むと、枠に押しこめられたような人間関係からも解放され、楽になった。必要な勉強を自分でチョイスして学ぶシステムは、基のような独立独歩のタイプにあっていたし、最低限、波風を立てなければ平和にすぎる。

同世代の連中にはひとりぼっちになることを過剰に怖がる向きもあるが、もともとが苛烈なまでに孤独だった基にとって、いまの状況は心地よく、楽だ。

ただ、さきほどのような告白劇にはたまに遭遇する。女の子たちは大抵、ふたりか三人でつるんでいて、なぜか当人ではなく付き添いの子が気持ちを代弁することが多いため、断るのもけっこう面倒だ。

好きなひとがいるかと訊かれ、いる、と答えるとショックを受ける。つきあいたいと言われ、断ると「ひどい」とむくれる、ときに泣く。

いちばん困るのが、「それでも待つ」というパターンだ。待たれてもどうしようもない、あきらめてくれと告げたのに泣きわめいて拒否され、途方にくれた。

前期の途中で告白してきた子などは、しまいには家までつけてくるようになって、さすがに困惑した基の指に指輪が登場したのは、ストーカーじみたその彼女の件をマサルが気づき、那智へと報告した、三日後のことだった。

大学生とはいえ、まだ恋愛に夢を見る年齢だ。そして一律でない立場の人間には一歩引く。大学に入学したばかりで『既婚者』というのは、かなりの確率で基へののぼせあがりを冷ましてくれるらしく、大抵の子はこれでおさまった。

それでも大学は広く、高校時代のようにあっという間に噂がまわる、という感じではない。ゼミやサークルなど、なんらかのコミュニティに属していればまた話が違うのだろうが、基はまだ一年であり、顔見知りも少なく基本的にひとりですごしているため、周知するには時間がかかるようだ。

それでも入学して半年、女の子に声をかけられることはだいぶ減ってきた。

(まあ、でもきっといまのうちだ)

開放的な夏が終わり、恋をしたり破れたりした彼女らが新しいターゲットに目をつける。

たまたまそこにいた基が、ほどよく見えただけの話だろう。

腕時計を見た基は、すこし足早に歩きだした。これから戻って、夕飯の買いものをして支度をしなければならない。

洗濯物はマサルが取りこんでいてくれるだろうからだいじょうぶだ。

所帯じみたことを考える自分がおかしくて、基はひとりちいさく笑う。

そのやわらかい笑顔のおかげで、またもや彼に憧れる人間が現れることなど、知るよしもなかった。

＊　＊　＊

那智の仕事は大抵、たてこんでいると深夜にまで及ぶ。

むかしは階下の事務所にこもりっきりとなり、基が夕飯を差しいれすることもままあったが、基とマサル、村瀬《むらせ》らでうるさく言った教育の成果か、夜の八時までには夕飯をとりにいちど自宅スペースとなる三階へ『帰宅』するのが習慣になった。

この日はマサルのほうが別件のおつかいに、他県まで出かけていて、食卓を囲むのは那智と基のふたりきりだ。双方、さしておしゃべりな性格でもないので、マサルがいないとひどく静かになる。

基はこの穏やかな沈黙がきらいではなかったけれど、ふと思いだして口を開いた。

「そういえば、きょうはひさしぶりに、告白されました」

みそ汁をすすっていた那智が、ふっと目をあげる。うながされたらしいと気づいて、基は鴨肉の治部煮を箸《はし》でつまみながら言葉を続けた。

「結婚してると言ったら、ヒモなのかと文句を言われて」

「告白してきた子にか？」

「いえ、付き添いのほうに。それでよけいなお世話だと言ったら、ふたりがけんかになって、逃げました」

淡々と言う基に、那智がおかしそうに笑う。広い肩が震えていて、基は眉を寄せた。

「なにかおかしいですか？」

「いや、目に浮かぶと思って。おまえは、興味のない相手には本当に、容赦がないから」

「幼稚園児じゃあるまいし、告白するのに代弁者がいる段階で、どうかと思っただけです」

不服そうに眉をひそめた基に対し、那智は笑いながら言った。

「女の子っていうのは、そういうものだろう。ついでに言えば、文句をつけてきたほうも、基に気があったのかもしれないな」

那智の指摘に、基は目を瞠《みは》った。

「それなのに、友人の告白に立ち会ったんですか？　なぜ」

「さあ。友情をとったのかもしれないし、ふられる現場を見たかったのかもしれないし、そこはわからない。可能性はいくつもある」

速攻でけんかしていたあたり、前者の可能性は薄いだろう。基はなんだかげんなりした顔にあらわれていたのか、那智が苦笑する。

「基は、もともとすこし女ぎらいだからな。あまり邪険にしないようにしなさい」

「女ぎらい、というわけでは、ありませんが……」

「男女関係なく、そういう好意を向けられるのは、相変わらず苦手か」

「そういうことでも、ないんですが」

口ごもった基に、那智が目を細める。

「ヒモを飼ってるなんて、相手がどうかしてるとでも言われたんだろう。それで言いすぎた。違うか？」

お見通しの那智に、ばつが悪くなって基は目を伏せる。喉奥で笑い、那智は箸を置いた。用意してあった茶をすすると、「ごちそうさま」と言って立ちあがる。

「あ、片づけますので、そのままにしてください」

食器を運ぼうとする那智に、そんなことはさせられないと基はあわてて腰を浮かせる。那智はその姿に軽いため息をついて、基の細い腕をとった。

「え……」

スーツの胸にやわらかく抱きこまれ、目をしばたたかせる。長い指に髪を撫《な》でられ、知らずうっとりとした表情になった基に「まずいな」と那智がつぶやいた。

「まずいって、なにがですか」

「だいぶ落ちついて、あのころより大人になったのに、基は俺に関しては一気に視野が狭くなるし、感情的になりやすい」

「……いけませんか」

那智のためだけに生きている自覚があるだけに、彼がそれを問題だと思うのは困る。いまさら是正できるとは思えないし、そのふりだけをしても那智にはお見通しだ。戸惑った基に、那智はくくっと笑った。

「いけないと言うべきだが、それでいいかと思っている俺が、いちばんまずい」

はっとして顔をあげると、頬を手で包まれた。さらりとした感触のそれに撫でられながら、目を閉じて那智のまとう香水のかおりを吸いこむ。

涼やかなこのかおりは、出会いのときから変わらない。

顔を近づけられたのが、目を閉じていてもわかった。拒まず首をかたむけ、馴染んだ口づけを受ける。何度かやわらかくついばまれているうちに、自然と開いた唇のなかへ舌がもぐりこんできた。

「ん、だめ、です」

「なぜ」

当然の権利だと言わんばかりの男に、腹は立たない。基はすべてが彼のもので、いつでもこの身を差しだすことにためらいはない。けれど。

「まだ、お仕事の途中だったんでしょう」

「数時間あとまわしにするくらい、どうということはないが」

「そんな、正吾さんっ……」

高い鼻のさきでこめかみをくすぐられ、ぞくりとなった。うめいて広い胸を押し返そうにも、腰を抱かれてちからがうまくはいらない。

彼の手に開かれ、育てられた官能はあっという間に基を飲みこんでだめにする。かつて、マサルに「やるだけやればいずれ飽きる」と言われたことがあるけれど、あれは嘘だったとしか思えない。

抱かれるたびに、欲深くなる。もうとっくに覚えた口づけや手つき、愛撫のやりかた。飽きるどころか、肌に染みついた記憶のせいで期待ばかりを植えつけられ、高ぶるのが早くなってしまった。

「だ、め」

腰に添えられた長い指が、背骨の消失点あたりをするすると撫で、軽くちからをこめてくる。それだけで腰が砕けて、抗《あらが》う言葉は無意味な睦言にとって変わられた。よろめいた身体をさらに強く抱きしめられ、耳を嚙みながらひとこと、ふたことささやかれれば、基に勝ち目などない。

「基、どうする？」

髪を梳《す》かれながら、すでに兆《きざ》した那智のそれにふれさせられ、赤らんだ目で一瞬睨んだあと、従順にその場に跪《ひざまず》く。

唇に彼を含むため、おおきく喉を開くやりかたはとうに覚えた。やさしい手に頭を撫でられながら奉仕するだけで基はどんどん高ぶっていく。もじもじと腰を揺らしながら夢中で吸いついていると、軽く髪を引かれて「もういい」の合図を受けた。

「ここで……？」

「だめか？」

寝室以外でことに及ぶのはめずらしく、基は戸惑った。ふだん、ほとんど同居しているようなマサルが突然表れることも多いためだが、この夜、彼はいない。

「だめじゃ、ないです」

「椅子《いす》の背に手をついて」

テーブルのうえにあったオリーブオイルのミニボトルを手にした那智が命じてくる。下半身だけ服を脱がされ、頑丈な木のそれに片膝を乗せるように言われ、基はそれにも抗わない。

常温のぬるいオイルが身体を汚していく。那智の指と自分の身体が、ふだんは口にするも

のにまみれているという背徳感が快楽に拍車をかけ、基は手の甲を噛みながら、ゆっくりと挿入されてくる逞《たくま》しさに背中を震わせる。

那智のかすかに荒れた息と、自分の小刻みなあえぎ、そして振動に椅子が揺れる音が部屋に響き渡る。静かで、けれど濃厚なセックスに溺れ、どろどろと基は溶けていった。


けっきょく台所のそれだけではすまず、汚れた身体のまま寝室にいって、基はさんざんに泣かされた。深夜をまわったころ、ゆっくりと身を起こした那智を後目に起きあがることすらできず、いろんなもので汚れた身体をベッドに投げ出したまま問いかける。

「これから、お仕事ですか」

「ああ。寝ていなさい。片づけはしておく」

それが夕飯のことだけでなく、ほかのことを示していると気づいて基はばつが悪くなる。顔を覆ってうめくと「なんだ」と那智が笑った。

「なんだ、って。恥ずかしいだけです。あそこ、マサルくんだって食事するのに」

「いまさら。結婚している相手とどういう性生活を送ろうが、文句を言わせる義理はない」

「……那智さん、開き直ってませんか」

恨みがましくつぶやくと、那智はほんのすこし目を見開き、そしておかしそうに笑った。

「ひさしぶりだな、その呼びかたも」

「だって、俺も、那智だから……」

うっかり口にでたのだと基が赤くなる。那智はなぜだか満足げにうなずいていて、基はやっと気がついた。さきほどの会話から、この夜の激しい行為へなだれこんだ経緯が、基はいまひとつ呑みこめていなかったのだが——ひょっとして。

「あの、うぬぼれてたらすみませんけど、ないとは思うんですけど。……妬いてましたか」

「次から次に告白されて、妬かないとでも思ったか？」

しらっと言い返され、基は今度こそ赤くなった。じわじわと手のさきが痺れ、どうしていいのかわからなくなって目を泳がせる。おかしそうに笑った那智が、シャツを羽織ったままの姿で覆い被さってきた。

「基が俺以外に冷たくするのを、まずいとは思っているくせに喜んでる。最悪だな」

「……最悪でも、いいです」

苦笑する彼の頬を撫で、もういちど口づけがほしいと目でねだる。予想したよりはるかに熱いキスで覆われて、基はさきほどまでぐったりしていた脚を、彼に絡めた。

「仕事に、いってください」

「言っていることとやっていることが矛盾してる、基」

「だから、突き放してください。俺は……無理」

今度は基から唇を寄せる。那智は観念したように息をついて、もういちど細い身体を組み敷くようにのしかかってくる。口づけたまま、言葉も愛撫もなく、腰の動きひとつでつながった身体は、燃えるように熱い。

「基は、ときどき無理を言う」

「ん、んん……」

「俺におまえが突き放せる、わけがない」

獰猛に笑った那智が首筋を噛んでくる。基はあらがわず、のど笛に食いこむ歯にすら感じであまくあえいだ。

溺れ、戻れなくなってもかまわないと思いながら、一日でも長くと願う。

冷たい、うつくしく伸びやかな絵の刻まれた背中を抱いて、夜に堕ちた。

あとがき

今作は『鈍色《にび》の空、ひかりさす青』の番外短編集です。もともと同人試作品を大幅改訂しての前作でしたが、今回もおなじく。しかし、趣味で書いていたころと、文庫版では基の性格がかなり違っているため、相当な改稿をしております。

本編ではあまいシーンがほぼなかったふたりなのですが、それのフォローを兼ねてのラブラブ後日談……とプラスアルファ。

友人曰く「シチュエーションと書き方が硬質だけれど、崎谷作品のなかでも一、二を争うラブラブぶりなのでは」という那智と基。入籍その後まで含めてがっつり、というのはたしかにほかにないかもですね(笑)。

さて、ざっくりと各話ごとに簡単解説でも

『けものの肌に我はふれ』……二度目エッチの話、と言ってしまうと身も蓋《ふた》もないのですが、そんな話です。とりあえず、本編(鈍色)の甘味補給な感じで。もとが同人誌だけにかなりエロス度高いですね。このころはお布団シーンのページも長かった(笑)のですが、前述のとおり基の性格がかなり変わっていたため、まるっと書き直しております。

『みずから我が涙をぬぐいたまう日』……那智、過去編。どうして彼が刺青をいれられるに至ったか、という裏話です。作中で那智が読んでいる文学作品より、タイトルを引用させていただいております。また、赤江瀑《あかえばく》先生やら谷崎潤一郎《たにざきじゅんいちろう》先生やら、リスペクトしまくりの、私的中二病全開のストーリーです。趣味まるだしになっております。この話のみ、勢い重視で、ほぼ改稿はない状態です。

『ひとひらの祈り』……本編三年後のプロポーズ編。こちらは比較的原型のまま、という感じです。読み返すと、相当文体も違いますが、雰囲気的にこれはこれでよしかなと。作中に出てくるおばあちゃんのいわき弁監修は、同地出身の冬乃さんにお願いしました。濃いキャラ満載の話ですが、気にいっています。

『かすかな光』……さらに後日談、書きおろしです。基、あのまま育ったら女の子にモテそうだなあ、と思いまして。相変わらず那智とはラブラブです。

さて今回もいろんな方にお世話になりました。イラスト冬乃さん、お久しぶりにお世話さまです。表紙はトレンチコートの那智で！　との注文聞いてくれてありがとう（笑）。あとチェック担当Rさんに橘さんも毎度どうもです。そしていつもご迷惑をかけている担当さま、今回もお世話になりました。

なによりも、いつも読んでくださっている皆様に心から感謝を。

前作のルチル文庫で百冊目、この本が崎谷作品百一冊目となります。今後ともがんばってまいりますので、よろしくお願いいたします。

✦初出 けものの肌に我はふれ……………………同人誌作品を改題し大幅加筆修正
みずから我が涙をぬぐいたまう日……同人誌作品を加筆修正
ひとひらの祈り…………………………同人誌作品を加筆修正
かすかな光………………………………書き下ろし

崎谷はるひ先生、冬乃郁也先生へのお便り、本作品に関するご意見、ご感想などは
〒151-0051 東京都渋谷区千駄ヶ谷4-9-7
幻冬舎コミックス ルチル文庫「ひとひらの祈り」係まで。

幻冬舎ルチル文庫

ひとひらの祈り

2011年9月20日 第1刷発行

✦著者 崎谷はるひ さきや はるひ

✦発行人 伊藤嘉彦

✦発行元 株式会社 幻冬舎コミックス
〒151-0051 東京都渋谷区千駄ヶ谷4-9-7
電話 03(5411)6432[編集]

✦発売元 株式会社 幻冬舎
〒151-0051 東京都渋谷区千駄ヶ谷4-9-7
電話 03(5411)6222[営業]
振替 00120-8-767643

✦印刷・製本所 中央精版印刷株式会社

✦検印廃止

ISBN978-4-344-82323-5 C0193 Printed in Japan